KB056026

밍글맹글

파란시선 0018 밍글맹글

1판 1쇄 펴낸날 2018년 2월 28일
지은이 김병호
디자인 최선영
인쇄인 (주)두경 정지오
펴낸이 채상우
펴낸곳 (주)함께하는출판그룹파란
등록번호 제2015-000068호
등록일자 2015년 9월 15일
주소 (07552) 서울특별시 강서구 공항대로 59길 80-12(등촌동), K&C빌딩 3층
전화 02-3665-8689
팩스 02-3665-8690
모바일팩스 0504-441-3439
이메일 bookparan2015@hanmail.net

ISBN 979-11-87756-14-9 04810
     979-11-956331-0-4 04810 (세트)

값 10,000원

밍글맹글

김병호 시집

시인의 말

발바닥에서 발화한 티눈의 통증이 문득
여기 대지를 탄생시키는 일처럼
고통이야말로 한 생을 뜨거운 현실로 태어나게 하는
여기 나를 붙드는 손아귀이다
자신도 현실이라고 미친바람처럼 멱살을 뒤흔드는 석양도 있다
또 한 시절을 노을에 발 빠진 그늘 어디
현실 아닌 곳에 부린다

차례

제2부

제3부

제4부

해설

제1부

존재의 양식

자신을 보고 싶을 때 거울이 아닌 주위를 두리번거려야 한다고 속삭인 건 그믐의 골목이었다 맥주병이 그렇듯 우리는 스스로의 굴곡으로 주변을 반영하는 것, 그 안에 고인 누런 액체에 매인 영혼은 하늘의 밑바닥에 반사된 붉은색의 굴곡을 보고 저 먼 곳이 사막이라는 사실을 눈치 채지 못할 터, 그렇게 자기 밖으로 어른거리는 불모를 감추지 못할 터, 물기 없는 눈동자는 사랑이라는 명목으로 모든 것을 빼앗긴 자의 흉터임을 몰랐을 터

그리하여 나는 남과 다른 굴곡으로 주변을 반사할 뿐, 그리하여 눈 감고 만지는 일은 미지근한 체온과 소름 돋은 오한과 시리게 전달되는 떨림을 뒤섞어 만든 반죽으로 내 곡률을 수정하는 회한, 나를 이룬 주변이 돌아눕는 일, 그리하여 모두는 투명한 듯 흔들리는 곡면이라는 사실을 깨닫는 일

흑체(黑體)를 만난 곳은 어둠의 한가운데였다 아무도 바라보지 않는 골목의 끝이었다 받아들일지언정 내보내지 않는, 무엇도 반사하지 않는, 그래서 검을 뿐인 그와 마주쳤지만 알아보지 못했다 그는 내 위에 아무것도 그리지 않았기에 나도 없었다

보이는 모든 것을 외면하는 그였지만 어쩔 수 없이 깊은 바다에 뭔가를 흘리기에 알아챌 수 있었다 바닥을 타고 흐르는 검은 울음이 내 굴곡대로 반사되기 시작하자 그는 그다지 검지 않았고 나는 조금씩 존재하기 시작했다 만질 수 없더라도 흐르는 것이 있음으로, 굴곡을 어루만지며 잘게 떨리는 어깨가 있음으로

춤추는 세계 1

욕망의 내용은 주어진 삶이기에 끝을 봐야 직성이 풀리는 호기심이고 형식은 유전자에 새겨진 음각이며 목적은 **생존**이다.

욕망이 다양한 양태로 **생존**에 복무할지언정 '좋은 생존' 따위의 가치판단이 들어설 자리는 없다. 삶에 가끔씩 달달한 사탕을 던지는 짓이 욕망이 가진 방법의 전부임을 알아채는 순간은 보통 대부분의 치아가 상하고 나서이다. 그 사탕이 **허망**을 가공해 만들어진다는 사실은 뒷맛이 덮칠 즈음이면 누구나 알 수 있다.

욕망, 슬픔, 좌절과 같이 생을 이루는 많은 요소들은 각각 다른 원소들로 이루어진 것이 아니라 하나의 원소가 다른 패턴으로 쌓여 만든 것이다. 따라서 **생존**은 복잡한 구조를 가진 적이 없다. 반면 **허망**을 고자질하기 위해 태어난 **이성**은 무기력이라는 장점을 가지고 있어 설사처럼 예고 없이 변기를 타고 사라지기 일쑤이다.

욕망이 가진 잔가지들은 그러나 삶을 생이라는 틀 안에 붙잡아 두는 끈끈이이기도 하다. 늦가을 녹슨 이파리들 사

이를 떠나지 못하는 바람처럼 사랑이라는 잔가지가 그랬
다. 이 낡은 애착들 사이를 헤매는 작은 **생존**들은 스스로
화석으로 남을 낙서라고 예언했기에 **허망**은 다름 아닌 발
각되지 않기로 작정한 화석의 **이성**이다. 이런 게으름으로
전 우주를 가로지르는 암흑의 배경을, 들끓는 바닥을, 허
공에서 몸부림치는 양자적 요동을 무의미의 퇴적층이라
오해한 모두는 **나**이다.

춤추는 세계 2

하루에 절반씩 **나**를 덜어 내며 평생을 작아진들 내가 이를 수 없는 **작음**이 있다.

하루에 절반씩 **나**를 덜어 내며 평생을 작아져 이룬 **작음**은 바로 주변과 나눈 상호작용의 크기와 같다. 그것은 **존재**의 크기이기도 하다.

하루에 절반씩 **나**를 덜어 내며 평생을 작아져도 이를 수 없는 **작음**이 있다는 사실은 상호작용의 크기가 작아질지언정 사라지지 않는다는, 그렇게 작은 것은 무한히 **존재**한다는 믿음이고 따라서 끝없는 **절망**의 회로가 삶을 지배한다는 암시이다.

하루에 절반씩 **나**를 덜어 내며 다다를 수 있는 마지막 **작음**을 넘어서려는 시도를 인생이라고 부른다. 작음이라는 말 자체가 비교를 전제하고 있기에 끝없이 더 작은 가상의 **존재**를 만들 수밖에 없고 그래서 삶은 **절망**의 사기극으로 둔갑한다. 실제 우리의 노력은 극한의 작음을 만났으며 그것은 물리적 **세계**의 바닥에서 만난 비물질적 원천이다. 바로 정보의 양자(量子)인 비트이다.

하루에 절반씩 **나**를 덜어 내도 내가 작아지지 않는 건 **작음**이라는 말이 가진 비교의 속성을 거부했기 때문이다. 비교가 없어지자 **존재**의 경계가 사라졌으며 **절망**도 자신이 뭘 해야 할지 몰랐다. **세계**의 바닥은 여전히 비트였지만 이들의 조합이 상징하는 **의미**는 태어나지 못했다.

춤추는 세계 3

끈끈이가 가진 접착력이 **의미**라면 **삶**은 끈끈이의 뒤틀린 면적이다.

무**의미**에 감염된 이는, 손가락 하나를 떼기 위해 왼손을 내주고 왼손을 떼기 위해 전생을 붙여 가며 끈끈이의 가로와 세로를 재야 하는 **삶**의 작동 방식에 치를 떨다가 **농담**처럼 새벽을 맞는다.

의미로 접착된 **삶**이 통증으로 구현된 **농담**임을 증명하기 위해 끈끈이를 박차고 **죽음**을 향해 비상해 돌아오지 않는 유일자를 우리는 파리라 부른다.

의미가 무의미로 알몸을 드러내고 **삶**이 DNA로 코딩된 **농담**임을 확인하는 순간, 길은 두 갈래뿐이다. **죽음**을 유혹이 아닌 **욕망**이라 수긍하는 일과 영원한 생으로 삶에 복수하는 길.

블랙홀을 맴도는 산책

산책은 저기 언덕 너머에는 아무것도 없다는 믿음이다 보이지 않는 것은 없는 것이라고 믿기에 산책은 과거와 함께 맴도는 일이다

산책에서 돌아오는 어스름 길의 막바지에는 밤이 있었다 지워지지 않는 박하 향의 체취는 항상 나보다 먼저 다녀갔고 매일 밤 세상을 머금은 구름은 통째로 떨어졌다

보이지 않는 것들이 속삭이는 방법을 나는 알지 못했다 다가갈수록 왜 시간이 점점 느려지는지 몰랐다 내가 따라 걷던 낮은 담벼락이 지평선이었다는 사실도 들은 바 없었다

내 안에 있던 무게중심을 네 쪽으로 내어 주자 알 수 없던 네가 드러났다 보이지 않았으나 우리는 마주 보고 공전하고 있었다 키 작은 그늘을 가진 인삼 밭을 지나자 하늘도 땅도 갯벌이었다

블랙홀이 자신을 드러내는 방법은 자신 안으로 빨려 들어가는 것의 마지막 비명을 놓아주는 것이다 선을 넘는 이, 그를 이루는 모든 정보가 으깨지면서 토한 짧은 비명만이 사건의 지평선*을 탈출해 우리 안에 블랙홀이라는 존재를 완성한다 타인의 비명으로 드러나는 존재는 그러나 그만은 아니었다

이제 내 산책은 사건의 지평선 주변을 떠도는 일이다 돈을 꾸어 꿈을 꾸고 꿈을 빌려 현실을 만들고 돈을 빌려 환상을 좇던 시절을 건너 점점 게을러지는 시간과 함께 걷고 갈가리 찢긴 공간의 비명으로 호흡하면서 내 불안의 하부구조를 더듬는다 그러나 그곳에서 전하는 소식은 사람은 그림자의 되먹임일 뿐이라는 윤회의 끈이 풀리고 있다는 중얼거림이었고 그래서 더 이상 나는 내가 아닌 무지의 바닥으로 가라앉는 편안함이라 했다 물든 잿빛 바다에 얹힌 하늘이라 했다

●블랙홀이 가진 외부 경계. 이 경계를 지나면 블랙홀의 중력을 벗어날 수 있는 탈출 속도가 빛의 속도를 넘어서게 된다. 결국 무엇도 탈출할 수 없다.

거울이 뒤집는 것

공만 보면 칼집을 내어 뒤집고
뒤엉킨 암흑의 실밥들이 바깥이 되는 순간에 맞춰 절
망하던 버릇이
크기를 보는 눈을 지웠다 그것도 시절이었다

핏빛 저녁이 발자국마다 고여 수몰되는 둑에서
검은 비닐을 뒤집어 찾은 작은 씨앗 하나
시린 손으로 그것을 뒤집자 생명을 연결하는 모든 끈
들이
한겨울 허공을 가득 채웠다

비스듬히 창을 타고 들어온 석양의 한숨에만 반응하는
먼지 하나는 조각난 입김으로 갈라야 했다
그렇게 반짝이던 먼지가 안팎을 뒤집자
온전히 우주 하나가 튀어나왔다
허망의 입자가 전체가 되는 순간 놀랄 수도 없었다

거울 속 나보다 크지도 작지도 않은 허상에게 물었다
너는 왜 반전상(反轉狀)이냐고 왜 나만 하냐고
거울 속의 그것은 대답 대신

자신의 안팎을 뒤집었다 그러자 여기에 내가 있었고
나를 뒤집자 그것은 다시 거울 속으로 들어가
무한한 반비례의 관계 한가운데에서 나를 노려보았다

우주를 뒤집어야 하나의 먼지이듯
더 작은 한숨이어야
이 세계에 없는 것을 말할 수 있다는 비문(秘文)에 따
르면
이 반비례의 법칙에 따르면
장마마다 흘러내리는 흙더미 같은 생을 뒤집어야
깊은 잠 한 조각을 솎아 낼 수 있다는데
그렇게 희죽거리며 돌아가 거울 앞에서 따질 수 있다
는데
내 안팎을 뒤집은 너는 왜 칠흑이냐고

라그랑지안[*]

원이 한 점의 발현인 것처럼 세상은 '하고 싶다'와 '죽고 싶다'라는 두 점의 발현이다[**] 모든 천체가 타원궤도를 따르는 일도 이 두 긴장 관계만으로 세상이 움직인다는 단순한 원칙의 한 예이다 바이러스에게는 죽음 없는 생식만이 있고 오직 죽음만으로 존재를 완성하는 것은 온전한 죽음 스스로뿐이다

욕망에서 허망을 빼면 육욕이다 환상에서 꿈을 빼면 잿빛 아침이다 바닥이다 밤에서 뜨거운 입김을 빼면 순백의 추상이다 꼼짝 않는 나비이다 관계에서 무한을 빼면 존재이다 한순간의 발화이자 우리가 사랑이라고 믿는 은유이다

안에 있는 애인은 살짝 소름 돋은 맨살의 어깨와 휘도는 등허리, 실핏줄 내비치는 발목의 냄새가 모두 다르다 속옷은 뱀딸기의 향을 품고 있으며 주름진 긴 치마에서는 바람을 쥐고 흔드는 댓잎의 냄새가 났다 창을 타고 넘는 냄새만으로 애인이 얼마나 벗었는지를 눈치 챌 수 있었다 그리고 여기에 심박수에 따라 상승하는 내 체온의 변화량을 곱해 우리의 작용은 완성된다

애인이 밖에 있다 두 개의 밤을 지나 춘분점을 향해 걷고 있다 했다 이렇게 흐르기 시작한 애인은 손가락 사이를 빠져나갔지만 문틈에 끼어 떠나지 못하는 그림자를 부여잡고 나는 그 길어지는 암흑에 한 땀 한 땀 눈금을 새겼다 이것이 우리의 작용에 대한 새로운 해석이자 같은 뿌리에 이르는 반복이었다

  애인의 굴곡이 가리키는 것, 들끓는 두 개의 점이었다는 갑작스러운 정의(定義)와 맞닥뜨리자 돌아볼 일 없이 욕망은 은유이고 존재는 바닥이 꾸는 꿈이었다

●Lagrangian. 물체의 운동 에너지에서 위치 에너지를 뺀 값이다. 이는 일반화 좌표계 안에서 운동량과 거리의 곱으로 정의되는 작용을 에너지와 시간의 곱이라는 새로운 정의로 변환시킨다.
●●타원은 두 점과 거리의 합이 같은 곳에 있는 점들의 집합이다.

불륜의 아침

그날 저녁 만난 1은 누가 봐도 그저 1이었다 1이었지
만 흔들리는 노을에 채여 그늘을 만드는 순간, 터울 져 드
러난 여럿 그림자들은 각각 온전한 자백이었다 탄식은 먼
세계에서 가졌던 자신의 부피에 관한 기억이었고 회한은
몇 개의 차원을 건너 긴 그림자를 드리울 수밖에 없었던
운명의 넋두리였다

지금 이곳에서 그저 1인 모든 1들이 다른 차원에서 다
른 존재가 드리운 신성한 독립 상태들의 긴 그림자였다는,
그래서 나를 나로 나누어 나온 1과 너를 너로 나누어 나온
1은 진정 다르다는 밀고와 각성이 후려치는 밤, 세계는 이
미 어제의 그것이 아니었다 사무치는 통고였다

허망은 허투룬 삶의 첫발자국이다 이 번잡한 세계 전체
를 스스로 나누어도 1이 나올 터였지만, 그 1이 또 어느
차원에서 수많은 영혼을 쥐고 흔들지 감당할 수 없었지만,
나는 그저 해서는 안 될 연산을 끄적였다

세계를 나로 나누자 온통 토악질하는 나들의 범벅이었
고 나를 세계로 나누자 명암만 남은 치욕의 무한소들이 차
곡차곡 쌓인 곳간이었다 갈 곳이 아니었다 너를 나로 나누
자 패턴 없이 영원히 이어지는 무리수, 원주율이었다 태
생이 딱 접히지 않는 어긋남이라는 이 증거 때문에 다시

나는, 아침 볕에 기대 나를 1로 나눴다 거기에는 한 꺼풀 채도가 사라진 내가 휑하니 누워 있었고 나를 2로 나누자 한껏 흐릿해진 두 개의 봄꿈이 흐드러진 거기 들판이었다 다시 3으로 나누자 모서리가 뭉개진 울음이 세 방향에서 메아리쳤다 그리고

　　나를 너로 나누자 가을 햇살에 푸석, 먼지로 일어났다가 서둘러 침전하는 맥박들이 있었고 이 희미한 맥박들은 닿는 곳 어디든 꿈틀거리는 빨판이었다

통계의 허점

열에 아홉이 허망인 진공에서 하나, 네 체온이 있어 숨은
쉬다
봄바람 열 중 아홉은 훈기라 했지만 살을 에는 면도날은
하나뿐이 아니다
열 어제 중 아홉이 안개에 갇힌 어둠이면 어떤 하루는
투명할 터이다
그러나 거기 먼 곳까지 아무것도 없다

고향이 아홉이면 무덤은 하나이고
밤을 쥐어뜯는 가슴은 다시 아홉이다
아홉 마디 욕을 뱉고 말라 가던 혀가 한번
살갗 깊은 곳을 파헤쳐 축축한 허공을 맛보다
열 중 아홉의 생이 비릿한 이유이다

밍글맹글[*]

그래서 아무리 움직여도 같은 것 옆에 설 수 없는 혼자
는 틈 없이 굳어 아래로 가라앉는다 끊임없이 움직여 질
서를 만들어야 똑똑, 시간은 고이고 그러나 이내 사라지
는 것은 모두이며 모두가 만든 허공을 메울 것은 무질서
의 파국뿐이었으니 종국은 시작 안에 있었다 '더 이상 움
직일 것이 없습니다'

심연은 무질서의 깊이이다

격렬한 싸움의 끝, 침몰하는 감정의 수심
몸으로 나눈 뜨거운 대화의 썰물에서 새어 나오는 한
숨이 가진 온도
체온이 의미 있을 때는 너와 나에 대한 정보가 사라지
기 전
바닥으로 가라앉는 잔열

●가로나 세로로 세 개 이상의 같은 동물 모양을 모으면 이것들이 사라
지면서 점수가 올라가는 게임. 사라진 동물의 빈자리를 메우는 새 모
양은 위에서 내려온다.

화장실 우주론

지퍼를 내리는 순간 육중한 뭔가가 덮치는 곳은 화장실이다. 똥 누는 이가 만드는 핵폭탄급 냄새에 자연스레 숨을 내뱉고 들이마시지 않는다. 참았던 오줌은 하염없다. 온전히 느껴지는 심장박동은 점점 빨라지고 검붉게 타들어 가는 얼굴은 폭발 직전이다(소변기 위에 거울은 왜 달아 놓았을까).

몇 발짝 안 되는 화장실 입구까지의 거리가 점점 멀어진다. 공간이 무한으로 팽창하기 시작한다. 이론적으로 경험적으로 우주의 크기는 무한하다. 아무리 가도 끝에 달할 수 없는 것은 무한이다.

시급한 양만 처리하고 다이빙하듯 화장실에서의 탈출을 시도한다. 무한의 끝에 닿으려는 시도는 무모하지만 이 우주에 가득 찬 향기는 무모함에 충분한 동기를 부여한다. 한순간, 아니 하나의 영원 동안 나는 기억을 잃는다.

나는 한 우주의 밖에 서 있다. 아니 화장실에서 탈출을 꿈꾸던 주체와 전혀 다른 존재일 수 있다. 어떤 선택은 평행한 다른 우주를 만들고 그곳에 서 있는 같은 기억을 가진 다른 나.

거칠게 들이마신 이 우주의 첫 숨에는 똥의 잔향이 진

하다. 복도에서 토하는 한 번의 헛구역질 이후 지퍼는 올라가지 않는다. 뭔가 끼었다. 이물질을 찾으며 온 힘으로 지퍼를 올린다. 손가락이 낀다. 아픈 우주다.

　작은 비명이 흐르는 공간에 인기척이 함께한다. 고개를 들고 다시 살펴도 화장실이 가진 공간의 크기는 변하지 않았다. 안에서 볼 때 무한한 우주가 밖에서 보니 유한한 크기를 가지고 있다.

　낯익은 여자 사서의 놀란 눈이 저기 있다. 아직 올라가지 않은 지퍼와 밖으로 나와 당당한 속옷은 여기 있다. 순간 시간은 팽창해 무한으로 모습을 바꾼다. 올라가지 않는 지퍼와 여자의 시선 하나로 우주 바깥의 시간이 무한이라는 사실은 뼈저리다. 현대 우주론이 내민 답은 명쾌하다. '외부 관측자에게 무한히 긴 시간은 내부 관측자에게 매순간 무한히 넓은 공간으로 인식된다.'●

　당분간 집에 있을 계획이다.

●브라이언 그린의 『멀티 유니버스』 중에서.

제2부

공전의 이유

바람이다 대지의 상처를 처음 어루만지는 손길은
날선 상처의 가장자리를 허물어 어느 허공도 베이지 않
아야 돌아서는
물이다 상처의 가장 깊은 곳을 수심으로 덮고
세월의 앙금으로 메워 어느 숨결도 갈라지지 않아야 흘
러가는
먼 옛날의 파도를 불러 거칠어진 흉터를 쓰다듬고 물
러서는
어느 생명도 하는 일이기에
이렇게 지구의 상처는 아물진대

달은 상처를 지우지 않는다
바람도 파도도 내쳐
40억 년 전의 피 묻은 흉도 지금의 것이기에
온전히 상처로 이루어진 달과

지구가 함께하는 이유는
아물어야 하되 잊지는 말아야 할 것
생명이기 때문이다

밤을 등지고 왼쪽으로

툭툭 끊어지는 발걸음으로 미열의 염증이 다가오는 쪽
죽음은 오른쪽에서 온다

폐에 쌓인 오랜 들숨들 틈
결 거친 울음이 태어날 때
저기 고개 돌려 바라볼 수 없는 오른쪽에서
죽음은 온다

온전히 하나 죽음을 완성하기 위해
날숨에 엉킨 작은 죽음들 퇴적되는 동안
시간은 점점 저음으로 흘러 주름으로 고이고
숨들은 멀어져

안개에 숨어 새벽을 건넌 죽음이 마을에 고이자
시간은 수챗구멍에 몰려 썩기 시작하고
절름거리는 머리를 달래며
무릎 꿇고 돌아앉아 쫓기듯 파정(破精)할 뿐
누구도 돌아보지 못한다

돌아오지 말라고 내 두 발 가지런히 묶던 냉기 사이로

하나씩 하나씩 신경을 잘라 내며 다가오는
저 맨발의 굽 소리가 나를 겨눈 것이라면
죽음은 옳은 쪽에서 온다

쓸쓸한 비질

봄비 훌쩍이다 간 골목
점점이 박힌 벚꽃 잎들 쓸다가 문득 쓸쓸했네
낙엽에 따귀 맞고는 외면했던 가을 때문은 아니고
쓸고 또 쓸었던 눈 때문도
그렇게 바닥에서 찾아낸 밖으로 난 발자국 때문도 아
니네
그저 내 깨어 있는 시간이 뒤숭숭했기에
쓸고 또 쓸어 가려운 허공을 긁어 댔네

부스럼 앉은 자리에 나도 주저앉았네
나뭇가지에 걸려 삼키지도 못하는 바람을 머금고 있던
난감한 비닐봉지로 나부끼다
밭두렁에서 끓어넘치는 초록에 데어 웅크렸네
그 한 철이 사라진 쪽으로 옹알거리며 흐르는 것이 무
엇인지 몰랐기에

죽어야겠다고 두런거리며 지나던 개구리에게 물었네
여기 작은 뭍이 싫은 것인지
저기 주름져 흐르는 개울 속으로 잠기고 싶어서인지,
아니면

그저 이곳에서 저곳으로 넘어가는 한 걸음의 유혹인지

개구리가 묻네
돌아오지 않는 길이 가진 결들은 왜
이 골목 비질이 만든 무늬와 같은지
허공에 난 긁힘은
검은 개울의 주름과 어떻게 겹치는지

한겨울에서 삭풍을 덜어 냈다고 당신 체온은 아니듯
사는 일에서 상처를 덜어 내어도 온전한 설원은 아니네
온전한 걸음은 아니네

끈의 노래

약도 개똥도 아니지만 찾지 못한 그것, 속에서 뭔가 자꾸 치밀어 오른다 축축한 뒷자리가 내가 질질 흘리고 다닌 시간 때문이었다고 꿈이 지껄인 고자질 때문에 또 울컥하는 가슴으로 뒤돌아보자 진창에는 촉수가 자라고 있었다 슬픔 아닌 고통에만 반응하는 촉수, 그걸 한번 건드리고 나면 실보다 가는 하얀 끈이 둘 사이를 이었다 늘어나되 끊어지지 않았다 늘어지되 땅에 닿지 않았다 나부끼되 거미줄처럼 흘러가지 않았다 지난여름이었다 시간이 물 빠지자 그것은 개펄처럼 드러났다

계절이 바뀌자 존재들은 점멸하기 시작했다 선명했던 것들에 허공의 얼룩이 번지다가 너는 아주 꺼져 버렸다 끈은 나를, 없어진 너를 붙잡았다 끈이 너울거리자 세상이 어깨를 들먹였다 겨울이 오자 얼어붙은 모든 것이 끈이었다

한파의 응달에 쭈그린 채 땅바닥을 긁고 있는 아이의 흐린 눈으로 내 어느 헛디딤이 원인이었는지 찾을 수 없었지만 점점 힘 빠져 가던 엄마의 호흡은 어떤 끈의 진동인지 얼추 짐작이 갔다 늘어나되 끊어지지 않았다 죽음의 땅까

지 늘어지되 돌아오지 않았다 나부끼되 바람 때문이 아니
었다 약이 되는 순간을 위해 버티던 개똥이 모두 가루로
흩어지고 남은 것은 울림뿐이었다 모든 것은 흔들렸고 흔
들리는 것은 그림자를 만들지 않았지만 끈이 가진 먼 그
림자는 남아 세상을 만들었다 이유 없이 촉수는 흔들리고
폭우의 밤일지언정 고이는 것은 없었다 울림만 떠돌았다

사랑가

술기운 없이 맞는 아침들이 너무 어둡다 해서 수만의 새
벽 중 컵을 부둥키고 허겁지겁 소주를 따르며 맞는 새벽녘
은 몇 아니듯, 분노에 떠밀려 꿈에서 뛰쳐나와 맞은 아침
일지언정 울분으로 하루치의 식사를 대신할 수 없다는 각
성은 오, 신나는 사랑이어라

흐르는 방법을 몰라 대책 없이 수평으로만 번지는 피,
저 노을로 모름지기 한 행성의 저녁이 완성된다고 믿는 이
들에게만 내 자백은 살아 있으니, 딴짓하는 바위산의 밑
동을 할퀴는 고함으로 지금 용서를 구한다 찢어지는 악다
구니로 너에게 자비를 청하니, 사랑 말고는 무엇이든 나
를 동정으로 안아 줄 것이지만, 그러나 어떤 응시는 전생
에 닿아야만 소리로 피어나기에 내 목젖이 너덜거린다는
사실만으로 너에게 저주를 청하는 무지야말로 이미 오
랜 가훈이었다 빛은 염치없이 갈증의 경계를 넘었고 아
침이었다

흐를 수 있기에 모래도 액체라 불리는 아침이었다 구부
러지기에 어떤 금속은, 나는 사랑이었다 더 빨리 고여 꿈
쩍 않기에 용서도 광기의 모양을 한 아침, 사랑은 경계 없
이 수평으로만 번졌다

불안과의 불화

내 식탐으로 온도를 조절하고 거친 호흡으로 아슬한 균
형을 잡고 있으니

살아 있는 일 끓는 물로서 허공에 떠 있는 일이다

삶의 온도가 중요한 것이 아니라 가까스로 온도를 유
지해야

삶이 살아남는 일

음식을 끊고 숨이 새는 엄마를 보는 일

눈앞에 형태를 뒤집어쓰고 살아오는 불안을 보면서

빌미가 조짐이 되고 조짐이 징후로 몸을 바꾸는 비가역
의 과정 옆에서

열(熱)을 덜어 낸 만큼 조금씩 흐려지는 초점을 보면서

모두 들끓으면서 서로의 온도를 못 견뎌 안달하는 일
일지언정

끓어야 여기 있을 수 있다는 태생을 수긍해야 하는

불안이 삶의 양식(糧食)이고 실존의 양식(樣式)이라는 사
실에 무릎 꿇어야 하는

출생의 비밀은 내가 바로 불안의 자식이라는 사실이다

흐르는 흔적

　삼백만 겁 동안 너를 이르고서야 이름으로 퇴적되고 그
이름을 삼천만 번 부르고서야 부름이 생기듯 흐르고 흘러
모든 뒤척임이 화석으로 굳어지고서야 나는 그것이 흐름
인 줄 알았으나 모든 세월을 거친 그 딱딱한 기억의 음각
들, 흐름이 흘렀을 적을 잊고 부름이 불리었을 시절을 가
루로 날리고 나자 이르지 못하는 이름들 모두 공허로 녹
아들어 시퍼렇게 멍든 허공을 바라보는 시선들 모두 초점
을 잃었으니 움직이는 일 하나 없는 곳에서 가장 먼저 사
라지는 것은 너, 너라는 각진 기억, 너라는 나, 그 은유 없
는 흔적들

시대의 유물론

영혼은 원래 떠도는 것이기에
흔들리지 않으면 억새도 아니다
들끓는 아궁이 위에 있어야 정신이라면
조용하고 차가운 것 생의 껍질이 아니다
불 위에 오른 소금
눈 찌르며 발광하지 않으면 생이 아니라고
튀거나 녹거나 미치거나,
흔들리는 것들의 그림자에 가위눌리고
아지랑이 너울에 떠밀린 날
뵈는 게 없어야 눈이고
맛 못 보는 혀만 말할 수 있는 날
추억 지린 자리 뜨거울 뿐

리 반 클리프*

　그를 기억하나요? 클린트 이스트우드가 모래바람 속
에서 시가를 질겅이며 노려보는 곳에 그는 서 있었죠. 하
늘로 날아오를 듯 찢어진 눈꼬리가 힘겹게 매달고 있던
매부리코와 날카롭게 다듬어진 콧수염, 장인이 갈아 놓
은 듯 날 선 턱은 절제된 검은 슈트와 어울려 어떤 죽음
도 깔끔하게 만들었습니다. 선한 악마성이라고 할까요.
악당을 노리는 주인공의 눈이 노련한 사냥꾼의 것이었다
면 악당으로 변신한 그의 눈은 죽음과 싸우는 야수의 그
것이었습니다.

　기억하시죠? 이스트우드의 빠른 권총에 쓰러지던 매순
간 그가 응시했던 공허를, 쓰러진 악당을 뒤로하고 망토
를 휘날리며 지평선의 점으로 사라지는 주인공의 뒷모습
이 내게 해피엔딩으로 다가오지 않았던 것은 그가 풍기던
운명의 냄새 때문이었습니다. 이 생에서 치러야 하는 역
할, 그러나 한 발 물러서 모든 것을 알아 버린 이가 도리
없이 감당해야 하는 막다른 이성의 비극이 그것입니다. 거
기에는 그가 죽여야 했던 이들을 축복하는 냉소와 그를 노
리는 총구를 향한 연민이 잘 정돈되어 있다는 사실을 외
면할 수 없었죠.

　혹시 기억하십니까? 배우 리 반 클리프의 배후는 오직

허공이라며 메아리치던 총성을, 심장을 후비던 햇볕을, 사막의 가운데로 등 떠밀던 열기를, 세상에 끝이 있다면 마지막 낭떠러지에서 맡을 수 있는 향기는 공포와 똑바로 눈 맞추던 그의 화약 냄새 같은 것이라고, 그렇게 잦아들던 말굽 소리를.

●기억하시죠? 1970년대 유행했던 서부영화에서 악당으로 자주 등장했던 개성적인 이 배우를.

무늬

    내 밤은 세 개의 베개를 딛고 건너야 하는 미친 강이다
초저녁의 그물 베개는 낮이 지르는 어지러운 비명들을 걸
러 내는 아가미이고 가쁜 호흡이었고 한밤을 떠다니는 사
각의 목침에서는 내 물먹은 정신과 변성된 기억을 버티기
위해 딱딱한 두 개의 다리가 자라고 노 젓고 가라앉고 새
벽녘을 출렁이는 털 베개는 다가오는 아침의 불안에 귀 막
으려, 그래서 바닥없는 탄성을 가진 것이었다 그러나 아침
에 닿아 돌아보면 각각 다른 악취에 절어 있는 서로 다른
악몽들만이 널브러진 곳, 그 털어 낼 수 없는 밤의 습기에
서 내딛다가 미끄덩, 그렇게 눈뜨고 아침으로 허물어지면
서 부여잡은 먼 몽정의 기억과 강기슭 저편 어디에 두고
온 반짝이던 싸리꽃 그림자 사이 익숙한 무늬, 낯익은 얼
굴, 밤의 강바닥에 어른거리던

마왕[*]

어둠보다 더 깊은 바닥으로 힘껏 액셀러레이터를 밟는
이는 아버지였다. 흥건하게 고인 땀을 바지에 비비는 짧은
순간을 제외하고 가늘게 떨리는 왼손의 진동은 고스란히
핸들로 전해졌다. 두려움이 만드는 이 작은 떨림이야말로
차에게는 가장 가혹한 박차였다. 아들의 손목을 쥐고 있는
오른손은 땀 흘릴 여유조차 없었다. 아들에게 생의 온도를
전해 주어야 했으며 아버지가 가진 믿음을 움직임 없이 말
해야 했으며 무엇보다 애처로운 아들의 맥이 바닥으로 꺼
지지 않도록 붙잡고 있어야 했다. 광폭한 밤을 향해 부릅
뜬 눈은 멀리 새벽이라는 국경을 향하고 있었지만 방향을
알지 못하는 듯 흔들리고 있었다. 미친바람은 밤의 땅에
거주하는 모든 사물을 비명으로 바꿔 놓았다.

　—아들아, 왜 네 하얀 얼굴을 가리지? 뭐가 무섭니?
　—아빠, 마왕이 보여요. 망토를 두르고 왕관을 썼어요.
마왕이에요. 마왕이 있어요.
　—걱정 마, 아들! 그건 그저 새벽이 오면 흩어질 한 덩
어리 안개가 하릴없이 서성이고 있을 뿐이야. 아빠가 있잖
아, 너는 혼자가 아니야. 꼭 붙잡아라, 아빠를.

'사랑스러운 아이야, 나와 함께 가자! 재미있게 놀고 싶지 않니? 네가 하고 싶은 모든 것이 있는 나라가 있단다. 끝없이 펼쳐진 어두운 놀이터를 본 적 있니? 비싼 옷이 가지고 싶지? 피가 솟구치는 분수를 보러 전쟁터에 가 볼까? 그곳은 어른과 아이를 구분하지 않는 평등한 나라란다. 네가 누구인지, 나이가 몇이고 이름이 뭔지, 누구도 알려 하지 않는 곳이야. 네 영혼만 가지고 오면 돼. 내가 데려다줄게. 나와 놀자꾸나. 너를 원하는 친구들이 있고 네 얘기를 듣고 싶어 하는 많은 사람들이 기다리고 있어. 자 이리 손을 내밀어 봐, 사랑스런 아이야!'

—아빠, 저 소리가 들리지 않아요? 마왕이 제게 속삭이고 있어요.

—걱정 마 아들, 그리고 진정해. 너는 내 아들이잖아. 저것은 그저 찬바람에 떨어지는 가로수의 마른 잎이 부서지는 소리야. 우리가 반가운 거야, 살아 있잖아 우리는. 겨울이 속삭이는 거야. 우리가 숨 쉬고 있어서.

'귀여운 아이야, 나와 함께 가지 않으련? 내 딸들도 너를 기다리고 있단다. 보이지? 예쁘지? 모두 네가 뭘 원하는지 알고 있단다. 아니 뭘 원해야 할지 가르쳐 줄 수도 있지. 너와 춤추기 위해 기다리는 하얀 손목이 보이지? 순백의 허벅지는? 노래가 들리지? 네 심장을 할퀴는 박자가 느껴지지 않니? 네가 잠들더라도 끝나지 않을 노래란다. 또 다른 네가 있으니까. 거기서는 누구도 존경할 필요가 없어. 필요한 건 오로지 본능이야. 네 몸이 오래전부터 알고 있던 말만 따르면 돼. 생각할 필요는 없어. 거기서 마음 따위는 개도 물어 가지 않으니까. 이제 왕은 내가 아니라 너야. 내 손만 잡으면 돼.'

　—아빠, 저기를 봐요. 마왕의 딸들이 손을 흔들고 있어요.

　—아들! 아니야. 저것은 그저 가로등 사이에서 바람에 귀를 막고 흔들리는 수양버들이란다. 신경 쓰지 마. 저들은 아무것도 보지 못해. 다만 길을 내주는 거지. 길은 우리 거야.

　'너의 아름답고 하얀 얼굴은 보고는 그냥 갈 수가 없구나. 나와 함께 가자. 내 힘은 아주 세단다, 아이야.'

—아빠, 마왕이 다가와요. 그의 손으로 나를 붙잡고 있어요. 그런데 그의 손은 참 달콤하네요.

아들을 부둥켜안은 아버지의 팔은 공포보다 강했고 자동차를 다그치던 그의 의지는 겨울보다 가혹했지만 새벽이 먼저 도착한 텅 빈 병원 앞, 그의 품에서 풀려난 아이의 얼굴은 영혼이 탈색된 창백함뿐이었다. 살짝 벌어진 입에는 마지막 온기를 띤 한숨마저 사라지고 없었다.

—아들아, 네가 점점 투명해지는구나. 네 색깔이 없어지는구나. 네 안에 다른 이들은 보이는데 정작 너는 보이지 않는구나. 너는 혼자 있어 외로웠던 게 아니란다. 혼자 있는 법을 몰라서란다. 이 세상을 바쳐 너에게 미안하구나.

●괴테의 시로 만든 슈베르트의 가곡.

제3부

열무꽃

열무꽃 피고
꽃 피면 잎과 줄기 억세어지니
못 먹는다 갈아엎으라는,
열무에 분홍 꽃 피고
그래서 억세다는 말
나비 벌 다녀가고
그래서 엄마라는 말
꽃 피어야 씨 맺히는
눈물 맺히면 꽃 지는
그러나 엄마라는 말

내복풍의 꽃무늬 여인을 위한 세레나데

　존재들 사이의 거리를 멀찌감치 떼어 놓기 위해 스스로 투명해진 가을볕은 때로 그 볕에 데인 사람을 아예 지워버리기도 합니다 가을이면 그래서 추근추근 사람 곁을 채근하는 모양들 모두가 사람입니다 어떤 가을이었건 첫 번째 가을이 있었다는 사건을 지워진 사람이라면 짐작하고 있듯이 어떤 바람과도 처음은 있습니다

　강물에 그림자를 담근 당신을 보았다고 누군가 내게 일렀을 때 나는 지하도에서 밟은 작은 발자국 하나에 한나절 온전히 넋을 놓았다더군요 아랫배로 철딱서니 없이 번지던 노을에 손 담그지 않았나요 울적한 오해는 그렇게 암술을 내어놓았나요 첫 가을이었나요 다시 마지막 바람이었나요

　그러나 당신과 나를 이루는 분자들 중 몇은 한 사람의 몸 안에서 서로를 바라보았던 바람이었습니다 오래전 일이죠 지금 당신의 한숨은 누구의 축축한 망막이었고 지금 나의 미열은 누구의 통통한 허벅지 살 어디, 그래서 서로를 바라지 않았을까요 그것이 처음이었을까요 몇 덩어리의 세월을 앞서 당신은 바위의 각진 어깨였고 나는 떨어지는 빗방울로 한 번쯤 당신이라는 바위를 쓰다듬었지요 기억해요 당신은 소박한 그림자를 가진 한 뭉치 구름이었고

나는 구름의 그림자가 스쳐 간 대지의 어느 조각이었더라
도 아니 확인하지 않아요 기억해요 기억하면 그만입니다

　옷장 안 쭈그린 꽃들에게서 털어 낼 수 없는 첫 가을
은 우리 시공간의 어디쯤에서 펄럭이고 있을까요 흔들리
고 있을 겁니다

독서(獨書)

넘기던 책장 하나가 우연히 하늘을 등졌을 때 뒤편의 글씨가 살아 움직이는 것을 본 당신이라면,

시월 아침 볕에 대고 누워 읽어야 하는 책이 있다 한 장한 장을 손으로 붙잡고 지상에서 가장 무거운 계절의 해에 비추면 뒷면의 글자들이, 그 반전의 내용들이 살아 움직이기 시작한다 빛의 무게가 충분하지 못하면 배후의 글자들은 그림자처럼 그저 얼룩이지만 사람들이 속내를 숨길 수 없을 만큼 무거운 빛과 만나면 등 넘어 글자들은 스스로 몸을 뒤집어 숨겨진 이야기를 토해 내기 시작했다

물론, 스탠드 켜 놓은 혼자의 밤이라면 보통 책과 다름없이 하나의 이야기가 당신을 이끌 것이다 볕 좋은 사랑이 익어 가면서 어느 저수지에서 씨앗이 움트는, 그러나 뒷장의 내용이 움직이기 시작하면 전혀 다른 이야기가 시작된다 두 개의 살덩이가 엉켜 하나의 죽음이 완성되는,

진실로 이번이 첫 생이라는 사실을 깨달은 남자가 책을 펴 놓고 음식을 만들고 있었다 물론 남자는 책의 이면이 무엇과 만나 어떻게 반응하는지 알지 못한 채 전면의 이야기를 읽고 있었고, 마침 마지막까지 온 힘을 다해 자신을 연소시키고 있던 책 속의 주인공이 한 여자에게 사랑을 간청하는 부분에서 음식에 넣을 고추를 썰었다 고추 안에

서 다음 생을 준비하던 싱싱한 씨 하나가 얼마나 조용히 그 페이지에 뛰어들었는지 그는 몰랐다 다음 날 아침 선잠에서 빠져나오지 못하던 그는 베란다에서 책이 어떤 바람을 만나 회한처럼 자신의 한쪽을 일으켜 세웠는지 몰랐다 종이가 일어서자 빛은 여지없이 이면에 웅크리고 있던 이야기에게 생명을 불어넣었다

먼 곳에서 한 생을 연소시키던 병이 뚜벅뚜벅 걸어 나와 이 남자 위에 자신의 그림자를 드리울 수 있었던 건 침묵과 함께 다른 이야기로 투항한 고추씨 때문이었다는 소문이 있었지만 아마도 병은 이미 그의 것이었을지도 모를 일이었다 첫 번째 생이라는 믿음에게 병은 어쩌면 당연하였다 하여간 그는 여자를 찾아 떠났고, 죽었다 여자의 품 안에서

한 파리마리

파리한 마리의 모양새를 한 마리파리가 그린 곡선으로
12월의 공간이 쩌억 금이 가는 아침
지상의 모든 계절을 살아 견디기로 약속한 파리마리가
내는 신음의 굴곡이
애써 웃으며 쥐어뜯은 파마한 리리의 머리칼과 딱 겹
치는
생명의 어지러운 발자국이 낯설어지는 어느 때
돌아보면 뒤섞인 순서 때문만은 아닌 어느 때

이명

잊히더이다
문신 같은 상처도 흩어지더이다
그러나 흔적은 남아
흔적들 이어진 좁은 골목
그렇게 살더이다
막다른 골목이더이다

이 빠진 계단처럼
묵음의 건반처럼
멍한 저녁들
그렇게 묻히더이다

오줌 묻은 자지

여자는 모를 거다
새벽녘 곤히 자는 여자의 손에 슬그머니 쥐여 준 자지
에 묻은 오줌을
입 주변에 묻는 것이 음식만이 아니듯
여자는 알 거다
웃음도 쓸쓸함도 죽음의 흔적까지 묻어 있는 입처럼
자지가 묻히고 다니는 낡은 욕망과 상념들을
여자는 모를 거다
세상에 물러지는 독기처럼, 자지처럼
내 무른 욕망에는 손바닥에 배인 습관적인 체온이 제
격인 것을
그래서 여자는 계속 잘 거다
잦아드는 욕망의 빈자리에 퇴적되는 것은 두터운 잠
이기에
달디단 오줌 묻을지언정 익숙함 때문이기에
여자는 외면할 거다
무성했던 내 꼴림의 방향에 관해
이렇게 시들어 가는 딱딱한 것들에 관해
여자는 꿈꿀 거다
서 있는 것이 사람이라 했으나 사람 아닌 것들

자지에 묻어나는 순한 지린내와 평안을
여자는 깰 거다
다 털지 못한 몇 방울 오줌의 감촉에 놀라
목련에 쌓인 눈처럼 알아채지 못하게

자격

때우지 않아도 그만인 끼니에 홀려 들어선 그늘진 중국집의 오후 4시

가을볕은 누렇게 드러누워 깨밭을 뭉개고 흰 회벽에 부딪쳐 이불 편다

짜장이 짜지 않은 건 공복이 가진 먼 공백 때문이지만

눈물이 짠 건 아쉬움이 차고 넘칠지언정 담아 둘 그릇이 내겐 없어서인데

지기럴, 이번 세상에 나를 잡아 두는 것들이 쭈그리고 기다린다 저기 공터다

가을볕에 말라 가는 누룩 진 곰팡내, 발바닥을 후비는 걸음의 역사

자신이 가장 무겁다고 허공으로 꺼지는 가을볕

귀를 후비는 시간의 송곳 그리고 후둑한 된장의 온도

모든 걸 다 끊고 술로는 머리 감고 분내로 오래된 사진만 닦다 보면

담배 연기마저 미안한 저 시퍼런 하늘을 만지고 있으면

아무도 만지지 않으면

나를 몸에 잡아 두는 시선들이, 잘 구워진 보리 냄새가

속삭이는 간지럼이, 시디신 새벽과 그 허기로 꼰 새끼
줄 모두

미련 없이 끊어진다는

질문

식이 섬유가 변비에 좋으면 탄 음식은 암에 좋은가요●
콩나물이 숙취에 좋으면 그렇게 숙취가 좋아지면
콧속에서 소용돌이치는 술 냄새의 풍속은 빨라지나요
느려지나요
검은콩은 발모에 좋은가요 탈모에 좋은가요 그래서
위로는 받는 이를 위한 것인가요 하는 이의 독백인가요

더위는 무좀에 좋은가요 자유는 영혼에 좋은가요
낮은 울음소리는 나를 위한 속삭임인가요 스스로를 위
한 주문인가요
밤과 낮 사이에 새기는 각인인가요
변덕은 여자에게 좋은가요 저주는 불안에 좋은가요

연기는 싸움의 원인인가요 결과인가요
창은 어둠을 담기 위해서인가요 빛에 비켜서기 위해서
인가요
굳이 창을 만들고 커튼을 치는 이유는 비릿한 봄 멀미는
나락에서 내려다보기 때문인가요 나락을 앞에 두고 올
려다보기 때문인가요
철 지난 섹스는 그래서 추억에 좋은가요

●김양수의 카툰 『생활의 참견』 중 "탄 음식은 암에 좋다"라는 문장을 빌려 왔다.

해피엔딩에 관한 몇 가지 사설

~**그래서 그들은 오래오래 행복하게 살았습니다**……행복한 끝은 정말 이렇게 완성되는지, 하여간 그들은……꼭 누군지 지명할 필요 없이……너무너무 많으니까……지금은 죽고 없는, 아니 오래오래 전부터 죽고 없는 상태이기에……"아무도 죽기 전까지는 그 사람이 행복했다고 말할 수 없다"는 소크라테스의 말을 뒤집어 "누구도 죽고 난 후에는 행복했다고 말할 수 있다"는 역논리를 적용했는지……하여간 그들이 회자되는 건 젊은 날, 연애 시절에 겪었던 잠깐의 위기가……그 유명한 사건들!……용 때문이건, 마녀 때문이건, 왕가의 배신이건, 자식을 팔아먹은 아빠이건……유명세를 탔기 때문이기도 하지만 이야기가 가진 여운의 주요 요인은 바로 '오래오래'라는 부사가 아닐까 싶은데, 오래 살았다는 것이 미덕이라 우긴다면 부정할 요량은 없으며……그래서 '오래오래'에 위배되는 담배는 나쁘지만, 이 해악 또한 현대의 미신일 수 있다는 사실과 그들의 누렇던 이빨들로 볼 때……사진이 없을지언정 현실적 추론은 가능하니……많은 '그들'이 담배를 피웠음에도 '오래오래'를 누렸던 건 담배의 해악이 너무 과장되었거나 '오래오래'의 기준이 지금과는 많이 달랐을 것이라는……거기에 행복하기까지 했던 삶에 관해 내가 아는

사실 몇을 덧붙이면……망자의 명예를 훼손할 생각은 없으나……내게 쏟아질 질투의 화신이라는 손가락질을 감수하고도 정말 중요한 것은 그들이 이미 죽었다는 사실, '오래오래' 살았어도 이미 죽은 지 '오래오래' 되었기 때문에 기록의 차원에서 몇 마디 붙이는 일이 혹, 그들의 행복했던 인생을 훼손하는 일이라 생각하는 이가 있다면 지금 떠나시거나……나에게도 훼손이니까,……들리는 소문에 의하면 그 '오래오래'라는 시간 중에 남편들은 평균 일곱 번 바람을 피웠고……일곱 난장이는 이런 당시 사회상의 은유라나 뭐라나……그중 세 번은 따로 살림까지 차렸다는 자료와 함께……대부분 바람의 대상이 유부녀였다는 사실로 미루어 볼 때……유부녀는 집에서 남편을 기다리는 정숙한 여자와 이혼을 불사하고 틈이 날 때마다, 틈을 만들어 가며 다른 남자와 밀회를 즐기는 여자, 이렇게 두 종류로 나눌 수 있지만 지구상에……아니 그 세계에서……유부녀의 수는 한정되어 있기 때문에 둘을 겸직하는 여자도 많았다는 증언이……한 이야기에서는 조용히 수절하며 언제 올지 모를 바람둥이 애인을 기다리던 여자가 다른 이야기에서는 남의 남편을 유혹하는 팜므파탈은 물론 마녀의 역할도 불사했다는……하여튼 그렇게 돌아온 남편을 받아들이는 데 아내에게 평균 2년의 시간이 필요했으며 이 기간은 남자가 젊을 적 전 세계를 돌며 모험으로 벌어들인 전 재산에 대한 권리를 부인에게 양도한다는 각서를 쓰기 위해 체념을 수련했던 시간과도 일치했다는……그리고 늙수그레한 나이임에도 부인에게 돌아가기 위해 전 재산을 포기하는 남자들을 이해하기는 쉽지 않은 터에도 추측은 가능한데……해피엔딩이라 불리는 이야기에 등장하는 여자들 대부분이 아주 뛰어난 매력을 가지고 있어 돌아온 남자들이 눈을 비비며 '아니 내 이 사실을 왜 미처 몰랐던가!'……하는 진주 낭군적 회한을 일깨웠던지……아니면 '오래오래' 함께 살아야 하는 등장인물로의 책임이 대부분 남자들에게 지워진 가부장적이면서 가부장 책임적 전근대 사회였을 수도 있다는……또 하나 빼먹을 수 없는 이야기는 그 '오래오래' 사이에 자식들이 일으킨 문제들인데……'오래오래'라는 기간 동안 남자들이 보여 줬던 역사적인 정력과……수많은, 그러나 비슷비슷한 모험을 떠올리면……이미 보았듯 여자는 매력적이고……수많은 남자들이 여자를 얻으려 들이대다가 죽어 갔다는 사실을……자식 또한 얼마나 많았을지 짐작하는 일은 설사에 바지 내리는 일처럼 자연스러운데……본처 소생, 첩

소생, 기녀 소생, 심지어는 신과의 합궁으로 태어난 특이 유전자의 자식까지 즐비했으니 '오래오래'의 주인공이 만든 자녀들만 모아도 지방의 중소 도시 하나는 거뜬히 만들만……지방자치 시대임을 감안하면 추천할 만한 일이며……이제 당연히 다툼만 남았으나 다툼의 종류는 풍요롭고……그들의 부모가 그랬듯 이성 하나를 가운데 놓고 싸우고……이 진부한 상황에 처하는 순간 세상은 진부해지지 않는 기현상을 우리는 자주……권력을 놓고 다투고 상속을 위해 여러 개의 회초리를 꺾기도 하면서 인간이 상상할 수 있는 모든 종류의 다툼이 버라이어티하게 펼쳐지는데 이를 자세히 살피기 전에 충분히 감안해야 할 사실은 썩어 문드러질 부모의 속 또한 무궁무진하다는 사실과 함께……출발을 상기하면……우리는 지금 '오래오래 행복하게'라는 이야기의 한가운데에……'그들' 중 많은 사람이 왕이었고 또 왕자였으며 대부분이 공주였고 타국의 왕비가 되는……왕국은 참으로 많고……현실에서 국제적으로 규탄받고 제재를 당하는데 독재라는 체제가 '그들'이 등장하는 왕국에서는 아직도 칭송받는 이유는……예쁜 공주 때문? 그리고……그들이 짝을 찾아 누볐던 파티의 수는 한 철의 끝에서 후드득 떨어지는 모든 목련 꽃잎보다

야 적을 것이라는 사실로 위안을 삼고……사실 문제와 갈
등이야말로 이야깃거리이기에 역사에 남은 것들을 모아
보면 인간의 역사는 바로 시시껄렁한 연애의 문제에서 시
작해 우지끈한 부부 싸움으로 끝난다는 척박한 결론 앞에
서……부정하고 부정하고 부정하면서 불같이 화낼 누구
앞에서……인간 진화의 동력은 바로 철없는 연애와 철면
피 부부 싸움 사이에 있다는 다윈의……원래 곁길로 새는
것이 이야기라지만 다시 길을 찾자면……아, 생에 풍요로
움이라는 것이 있다면 다름 아닌 비극적 디테일이라는 사
실을……긍정적으로 보면 물 빠진 그믐의 개펄에도 망둥
이들의 찰망대는 사랑이 있고 낙지가 견디는 깊은 구멍
이 있다는……작은 조개가 만든 진창의 잔주름을……뭐
야?……서둘러……'그'와 '여자'의 자식들이 만든, 죽이고
살리고 잡아먹는 모든 문제들이야말로……아니 다 집어
치우고 이렇게 말해 보자……~**그리고도 그들은 행복하게
오래오래 살았습니다**……일견 '행복하게'가 앞으로 나온
작은 변화인데 강조의 위치 변화 하나로 또 다른 사설들이
모락모락 솟구치고……'행복하게'라는 말 안에는……행복
할 수도 있었던 일 51과 영 찜찜하고 불쾌한 일 49가 섞
여 있어도……그러니까 흰쌀이 51이니까 섞여 있는 잡곡

49는 잊고 그냥 흰밥이라고 부르자는 통계적 진실이 있거
나……왕이 행복이라고 부르면 무조건 행복이라고 믿어
야 하는 절대 왕권의 흔적일 수도……

겨울의 어느 모서리

눈은 지상을 빈틈없이 채우지만 볕에 쫓긴 그늘이 웅
크린 자리

항상 거기였기에 얼음은 멈춘다 사물의 북쪽 언저리

이끼처럼 고인 얼음에서 헛디딘 마음이 허공으로 하염
없이 미끄러지다가 철철

피 흘리며 잠 깬 곳, 겨울의 어느 모서리였는지 기억하
려 애쓰던 밤들은

차곡차곡 개어져 쌓이고 그래서 세상은 다시 순백이다
아무것도 없다

눈은 소리를 녹이고 비는 기억을 녹인다 네 개의 계절이
녹아 고인 웅덩이에 몸 담그면 이제 죽음은

질서 정연하다 태양이 스스로 다섯 개의 욕망을 떼어
내야만 뒷걸음질 쳐 태고에서 흔들리는 별이 되듯 나의
정체는

내게서 덜어 낸 것들의 자살로 완성되고* 나의 정량은
나를 위해 죽은 것들의 수로 계산된다 손가락만이

그래서 진정 죽음을 가리킬 수 있다고 젖을 빨던 아기
가 흠칫 허공과 눈 맞추는 정적의 순간

발자국 소리만 자욱한 혼돈의 밤은 뭍의 경계를 넘는

다 모든 말은 바닥에 끌리며 지르는 비명인 그곳에서 허
기만이 하염없는

　그곳에서 어느 시간의 모서리에서

●자발적 죽음을 뜻하는 '아포토시스(apoptosis)'는 그리스어로 '꽃
이 진다'는 뜻이다. 생장의 과정에서 세포 덩어리가 형성된 후 특정 부
위의 세포들이 아포토시스 명령을 받아 자살한다. 손가락 사이의 세
포들이 스스로 죽음을 선택함으로 우리는 자유롭게 움직이는 손가락
을 만날 수 있다.

설날

둘은 일란성 쌍둥이였고 함께 대학 입시에 실패했다

둘은 어릴 적부터 태권도를 했고 이것으로 팔자에 없던 대학을 눈에 담았다

형은 공고에서 선수 생활을 했고 동생은 인문계에서 놀았다

둘은 각자의 잔머리를 모았다 각기 다른 대학을 지원한 둘은

형이 두 번의 실기를 책임졌고 동생은 두 번에 걸쳐 필기시험을 보았다

형이 실수로 자신의 주민등록번호를 대자 면접관이 동생의 것으로 바로 잡아 줄 정도로 둘은 똑같았다

둘 모두 대학에 떨어진 이유는 인문계를 다니던 동생이 10등급 내신으로 유감없이 발휘한 찍기 실력 때문이었다

20여 년 전, 둘은 피 튀게 싸웠다 다시는 안 볼 다짐을 한 싸움이었다

설 차례 상 앞에 선 철없는 두 중년

흉터에는 공소시효가 없다며

불콰하다 또 싸운다

제4부

삶의 총론 1

─흔들리는 은유

　먼발치에서 훔친 여자의 얼굴을 그믐의 잠에 담그고 아흔아홉 개의 해가 지나는 길을 피해 건디다 건지면 여자, 아흔아홉 개의 열매로 올라왔다 마지막 하나는 죽음이기에 열매들, 외면하기 위해 번식한 아흔아홉 개의 은유 같아서 절망의 비탈에 매달려 들이마신 과즙은 시디신 환멸의 맛이었지만 환멸의 고랑에 얼굴을 처박고 격한 들숨으로 들이키면 눈 못 뜨고 처음 빨던 엄마의 마른 젖멍울 맛이었다 고통이었지만, 단 한 번 스쳤던 떨림의 기억을 찾으려 모든 열매를 따 먹으며 아흔아홉 개의 구비(口碑)를 외웠으나 백발을 파고드는 바람의 개수에 따라, 발가락 사이를 파고드는 진흙의 점성에 따라 맛은 변했다 은유는 물결처럼 뒤챘기에 남은 건 내 무른 오해뿐이었다

삶의 총론 2
— 맥락이 진동하다

젖은 땅속에서 나무의 혈관을 타고 끝에 이른 죽음이 웅덩이로 투신한 날부터 거품처럼 떠오른 비명은 어느 이름이 목적지인지 까맣게 잊고 산의 응달로만 맴돌기 시작했다 비명은 이내 사람들 사이에 메아리치며 귓바퀴에 패인 골의 모양에 따라 다른 이야기를 들려줬다 어느 노인이 골짜기를 헤매다 빠져 죽은 칼바람이 메아리의 주인이라고 말하자 그 옆에서 시들어 가는 여름처럼 졸던 아이는 웅덩이의 바닥에 겨울로 이어진 작은 틈이 열리면 메아리는 한파의 온도를 가진 한숨이 된다고 잠꼬대했다 산으로 스며들던 연기의 한 자락을 맛본 나그네 산그늘을 밟지 않으려 종종걸음 치다가 개울에 빠졌고 살려 달라는 비명 대신 이제 산의 주인은 메아리라고 자신도 모를 말을 외쳤다 각각 다른 모양으로 춤추는 소문은 그렇게 모두 다른 귀의 것이었지만 칼바람과 한숨만은 앞뒤 서며 등장했고 그 마지막 말에서는 그날 산 그림자의 냄새가 났다 산 그림자 안이어야 이야기는 증발하지 않았다

약속

　날카로운 상처를 잠자는 기억의 요도에 찔러 넣기 위해 여자는 새끼손가락에 골무를 끼고 있었다 비명은 가을이라는 담을 넘지 못했지만 한번, 훌쩍 야위어 가는 달과 눈 맞춘 동안 약속은 골무 속에 숨어 그저 맴돌다 죽어 갔다 겨울은 온몸의 피를 달이는 고통으로 덮쳤고 겨울은 끝없는 설원이었고 설원 같던 시간은 가까이 가서 보면 똑똑 부러졌다 스물아홉 번의 그믐을 씹지 않고 삼키면서 시간의 조각들을 다시 맞추다 보면 약속은 살아났지만 약속은 그러나 뿌옇게 흐려졌다 돌아오는 것은 날 죽지 않은 상처, 끈적이는 피 한 덩어리 오래된 골무에 배어 나오자 기억은 낡은 기왓장처럼 봄볕에 바스러졌다 그러나 죽어 간 것은 약속처럼 갈라진 봄볕이었다

엄마의 땅

딱 거기까지다
엄마 살던 집에서 바라본 지평선
시뻘건 노을이 대지 위로 끓어넘치던 하늘의 끝

새벽이 낳은 알처럼 들에 쭈그린 잔등 하나
그 위에 엎질러진 아침 햇살이 한나절을 돌아
동쪽을 가리키는 산그늘의 끝
거기까지

청춘에 짓눌린 자식이 무작정 걸어 넘던 작은 언덕
그러나 사람 하나는 충분히 집어삼키던 그 언덕에서
부터

돌아온 적 없는 바람이기에
골목 어귀 느티나무 그늘을 서성이다 괜시리
실부추 머리끄덩이 잡아 흔들다 떠나간

그래서 어느 땅이건 부추가 자라는 그 자리까지
엄마의 땅

땅은 그저 세상의 것이지만
상처로 대물림되는 잔상
거기까지
맴돌았기에 상속되는
그래서 이사 못 가는

나무가 시디신 겨울 하늘에 자꾸
잔가지를 뻗는 것은
그것이 허공의 실핏줄이기 때문이라고
엄마의 땅이 번지기 때문이라고

매운 기침

내 왼 호흡에 섞여 나오는 네 야유 소리에 깜짝 놀랄 때마다 내 왼쪽 볼에 난 상처가 네 것이기 때문이라고 되새기는 내게 진공의 공간은 위아래가 없는데 왜 찬물에는 위아래가 있냐고 깔깔거리며 물었다 여름에도 네 날숨이 눈에 보이는 건 폐에 가득 찬 안개 때문이라고 나는 답했다 네가 뿌린 매운 기침이 내 핏속에 녹아든 날을 기억 못 하지만 몸속을 흐르는 그것 때문에 화들짝 자지가 놀라고 뒤꿈치가 싸늘해지는 시절 눈물은 매웠다 몰랐다 살얼음이었다 내가 발 딛고 선 땅, 떨어진 버들잎인 줄 알고 밟았던 것이 유영하는 작은 물고기의 등 그림자였으니 언제 꺼질지 모르는 바닥 위에 꼼짝 않고 서서 언제 꺼질지 모를 숨참고 있었음을 기다리고 있었음을

낙인

　허공으로 흩어진 단 한 번 짜릿한 애무는 실상 근원적인 에너지를 나누는 일이었다는 사실을 깨닫기 위해 내 체온을 유지하는 일에 오로지 내가 먹은 것만을 에너지원으로 하는 한 시절을 지불했다 혼자는 낙인이었다 다음 날 영혼은 물속에 갇힌 공기 방울이 되어 자꾸 떠오르려고만 하였고 몸에는 그것을 붙잡아야 할 만큼 많은 낙인이 피어올랐다 새벽녘 온 꿈을 갈아엎으며 옆구리를 쥐어짜는 공복은 통증은 세포 하나하나를 뒤흔드는 감각은 뭐든 붙잡을 수밖에 없는 순간, 몸에 영혼을 붙잡아 둘 수 있는 유일한 접착제였다 하염없는 것은 속 쓰림만은 아니었다 누구를 오래 기다리는 일을 기다리다 보면 엄지손톱에 패인 골의 깊이가 보였고 늦겨울을 타고 흘러내리는 짧은 한숨의 농도를 계산할 수 있었다 기다리는 동안은 나를 이루는 작은 것들이 확대되어 춤추었다 알고 싶지 않았지만 그것들이 나였다는 속삭임에 머리를 가로젓다 보면 중력은 서로 밀치는 힘까지도 품고 있었다는 비밀이, 하염없이 우주를 팽창시키기만 하는 은밀한 속내가 내 안에서 또 다른 낙인이 되어 나를 기다렸다 낙인은 혼자였다

구겨진 길

허겁지겁 순댓국을 먹다가 데인 입천장 피부가 신경질적으로 한 꺼풀 들뜨인 어귀에 소주 한 잔 부으니 물 찬 비닐봉지처럼 물큰 출렁인다. 혀와 사뭇 희롱한다.

취기가 고이는 그 허리께쯤 물큰, 맹물로 새긴 문신이 빠알간 꽃으로 벙그러지니 그래서 가을 창은 흐리고, 힘없는 빗방울들 이리저리 몰려다니다 어느 지상에도 숨지 못하는, 가을은 특권이다.

떠나야 하는 특권은 종착지 중 하나가 희멀건 죽음이기에 내 것이 아니라 언덕 하나 흐르지 못해 구겨진 길과 희롱하며 사뭇 걸어야 하는, 고이지 않고 그렇게 걸어야 꽃잎 지는 팔자이니

병 2

　나는 바람이다, 뽀얀 허공의 귀밑머리 하나 살랑이기
위해 들 건너 그늘 깊은 숲에서 이천 개의 밤을 부여 쥐고
미친 듯 흔들었으니 필연 바람이었다 나는, 병이다 먹어
도 먹어도 개지 않는 허기를, 개지 않는 안개를 새벽이라
고 오해했으니 나는 어느 영혼을 먹어 치운 병이었다 떠
나간 너와 떠나지 않는 고통을 똑같은 살붙이라 굳게 믿
으면서도 내 몸의 장기로 들어앉은 시뻘건 문신을 배달하
지 못한 등기물이라고, 내 것이 아니라고 모든 꿈을 다해
되뇌었으니 나는 분명 주인보다 느린 그림자이다 그렇게
나는 울음이다 광야를 지나는 수많은 이야기들 중에 어디
에서도 내 지문을 확인하지 못했으니 목울대를 떠나지 못
한 울음, 나는 들끓은 적 없는 미열이다

미혹

나는 보았다 한 생이 헛디딘 곳에 고여
마르지 않던 금기의 향기를

모든 생이 흔들리는 곳에서 나는
똑바로 고개 들어 바람에게, 그러나
고향을 묻지 못했으니

한 생을 무너뜨리려는 욕망의 냄새
바람의 것이 아니라고
혼자 뒤채던 울금향 내게 훌쩍였던 저녁

어둠 속에서 소름 돋은 여자의 살갗을 쓰다듬다 읽어
버린
불안의 굴곡에 망연했던 밤

모든 생의 균열이 가리키는 곳
그 허공을 바라보다
골짜기 진 내 발자국에서 발원한
욕정의 물소리에 소스라쳐

움켜잡은 하늘 금지된 벌판에는 왜
봄 향기가 신기루로 고이고
마지막 한 걸음 그 자리 항상
낭떠러지가 마중하는지
가라앉는지

내게서 걷어 간 색으로 그린 그림 자리
여분 없는 생이 고여 썩은 자리
주변을 어슬렁거리는 바람만이
불안만이 아는

텃밭에서

꽃들이 예쁘다면
함부로 꼴린 자지들 불쌍해라
서둘러 피는 꽃은
조밀한 이번 생에 부대껴
진력으로 씨 뿌리고 스러지기로 결심한 자
함부로 화려한 건
한 주기의 생명을 날리는 일로
나락을 건너려 각오한 자만이 가진 보호색이기에

풀 길 없는 급류의 생 한가운데 매달려
대책 없이 꼴림만 남아
할 수 있는 일이 전혀 없다는 사실 앞에서
슬픔의 정체가 뼈저릴 때

서툰 텃밭 아지랑이에 찔리고
풀에 찔린 발바닥
따가워서 선다
갓꽃 쑥꽃 상추꽃 열무꽃
모든 풋것들이 다투어 꽃으로
꼴렸다 사그라지는 화투판에서

봄날이 선다

하릴없이 꼴림만 남아
꽃들은 핀다

똥과 시의 관계에 관한 비시적 고찰

이런 생각을 했던 자리는 술 취해 앉은 변기 위였다.

똥이 마려워 앉은 것이 아니라 현관을 지나 잔소리로부터 가장 빨리 숨을 수 있는 자리가 변기였고 통상 그 위에는 맨살로 앉아야 깊은 생각이 찾아들었다.

욱하는 마음에 이번 일을 시로 한번 써 볼까 하는 생각이 들었다. 그러나 다음 순간 내가 즐겼던 시의 방식도 있고 또 이런 일상을 편안하게 시로 쓰기에는 아직 덜 늙었다는 데에 마음이 이르렀고, 관두기로 했고, 울분도 어느 정도 가라앉았고 해서 일어섰다.

그런데 놀랍게도 변기 안에는 기다랗고 시커먼 똥 한 줄기가 나를 노려보고 있었다.

—앗! 딴에 뜻한 바 있어 시를 버렸는데 뜻하잖게 똥이 있었다.

순간, 시로 말하려는 틀이 시 아닌 것에 복종하는 일이 된다는, 여편을 괴롭히지 않으려면 모든 새로운 틀로 말하지 않는 것이 맞는다는 깨침이 있었고 고로 말하기로 마음먹었다. 똥이 그랬다.

대전문학관에서 소설가 김성동 선생을 모셨다. 여편은 행사에 관해 쓸거리가 있었고 나는 사진을 찍는 보조 역할이었다. 문학관 팀장의 사회로 시작된 행사에 앞서 세월호 참사의 희생자들에게 묵념이 있었고, 그리고는 조금 고집스럽게도 국민의례가 진행되었다. 모두는 국기에 대한 경례를 명령받았고 순순히 손들이 왼 가슴을 향했다. 뭔가 찜찜했다. 덜 싼 똥처럼.

그런데 이틀 뒤 내가 나를 꾸짖는 이상한 꿈을 꾸었다. 대뜸 그게 옳은 일이었냐고 묻는 것이었다. 그게 뭘까, 곰곰이 생각하다가 차 안에서 여편에게 물었다. 뭐가 옳은 일이냐고.

요인즉슨, 국가는 이 땅에 사는 개인들의 합의에 의해 이루어진 거고 그 국가를 이루는 물적 토대 또한 개인들이 돈을 걷어서 만들고 있는 상황이다. 그래서 사실 실체도 모호한 국가를 향해 개인이 충성할 일이 아니라 국가라는 시스템이 각각 개인에게 충성해야 하는 거 아니냐는 의문이 내 요지였다. 그래서 우리가 국기라는 기호에 대해 억지스럽게 충성을 맹세할 이유가 없다는, 별 새롭지도 않은, 어찌 보면 살짝 쪽팔리기도 한 일상적인 의구심이었다.

뜻밖에도 그 순간 여편의 목소리는 한 옥타브 이상 올

라갔다. 물론 내 얘기라면 무조건 반대로 튕겨 나가고 보는 여편의 피해 의식도 내 순탄치 못한 성격에 기인한다는 사실쯤은 알고 있다. 그렇더라도 너무 빠르고 너무 강력한 반발이어서 화들짝 놀라지 않을 수 없었다.

항상 그렇게 삐딱하게 보지 말라고 그것이야말로 사회를 망치는 흑백논리라고 여편이 외친 고함의 근거는 이랬다. 국민의례는 위정자에 대한 것이 아닌 우리 공동체에 대한 예의라고. 일견 일리는 있지만 이견, 국가를 엄밀한 의미의 공동체라고 볼 수 있는지에 관한 논의가 필요하다고 따지기 전에 먼저 움직인 건 상처받은 알량한 자존심이었다.

개인과 국가 중 누가 주인인지는 이미 합의한 거라고 따지는 내 목소리는 이미 기운이 빠지고 있었고 국민의례는 하던가 말던가 둘 중 하나 아니냐고, 이것도 흑백논리냐고 막 던질 때쯤에는 둘 모두 이성이 작동을 멈추고 있었다. 돌아보면 똥도 마려울 시간을 잘 못 맞춘다는,

시가 아니라고 해서 똥이 자신의 지위를 잃지 않듯 똥만큼 굵다고 해서 시라고 자신하면 안 된다는 말이 아무 이유 없이 떠오르자 부아도 함께 치밀어 올랐다. 여편이

스스로 공평무사하다고 하면 나의 불편부당도 우길 수 있다고 후덜거리며 말하자 술친구 왈, 이쯤 되면 부부 싸움도 소재 고갈에 허덕인다고 자리를 파했다. 똥 싸러 갔다.

　노파심에 밝힌다. 이 시는 단지 싸움에 관해 말하고 있으며 주제를 따지자면 누가 옳은가가 아니라 누군가 느끼는 열패감이다.

끝

땅에 스몄던 그림자가 증발하다 맞닥뜨린 과포화의 경계, 거기서 꽃핀 먹장구름은

절망의 살얼음을 딛고 선 떨리는 발끝이다

지워지지 않는 그림자를 가진 뽕나무 지나자 시선마저 증발하는 도로의 끝

닿은 곳이 끝이라 믿고 쓰러진 시선의 무덤, 무 뽑은 자리

허공의 젖무덤인 줄 알았던 꺼진 봉분은, 아니 땅의 자궁이다 다시 꽃이다

잠 속을 꽉 채운 안개에 휩쓸려

그렇게 나 안개의 끝이 되어

미친바람의 창끝 되어 소나기 사이를 휘젓던 아침

손가락이 맺은 핏방울 하나

겨울 하늘과 포개어 그물맥으로 먼 시간을 겨눈 마지막 이파리

붉은 씨앗 맺힌 혀끝

맨 끝은

흔들리는 맨 끝은 모두

꽃이다

절망의 살얼음을 딛고

장철환(문학평론가)

1. 눈과 블랙홀

신비에 관한 한, 우주의 일을 따라올 것은 없다. 당장 밤하늘의 별을 보라. 그 무수한 빛들은 얼마나 먼 곳에서 오는 것인가? 137억 광년에 이르는 우주의 크기와 7×10^{22}에 달하는 별의 숫자는 그 자체만으로도 인간의 지적 능력을 초월한다. 블랙홀은 왜 아니겠는가? 그러니 우주의 신비 앞에서는 복잡한 계산식을 잊고 넋을 잃은 채 별빛에 취하는 것이 가장 현명한 일인지도 모르겠다. 마치 유년의 그 밤들처럼, 그리고 밤하늘의 모든 빛을 남김없이 빨아들이는 경이의 눈…. 그렇게 무한한 우주의 신비를 호흡할 때, 또 다른 우주인 아이의 꿈이 탄생한다. 그건 무한의 우주가 아이의 눈을 통해 그의 마음을 끌어당기는 순간과 일치한다. 하여 도취된 눈은 가장 순수한 블랙홀이다.

꿈의 블랙홀을 마음속에 간직한 채 살아가는 자들이 있

다. 물리학이란 무엇인가? 시인이란 누구인가? 물리학자가 알려고 애쓰는 것이 물질의 기본 법칙과 원리라면, 그건 시가 꿈의 매혹 속에서 발화하려는 것과 크게 다르지 않다. 시야말로 가장 깊고 순수한 우주의 발화라는 점에서 말이다. 이렇게 시가 태동하는 꿈의 고고학은 물리학이 탐구하는 빛의 고고학과 근원에서 다르지 않다. 양자는 신비에서 하나이다. 그러니 그들의 마음속에서 물질과 세계와 우주의 신비를 발견하지 못한다면, 대체 신비는 누구의 몫일 수 있겠는가. 김병호의 시는 이를 입증하는 얼마 남지 않은 소중한 자산이다. 보라, 물리학의 법칙이 우리의 삶과 죽음, 그리고 마음 깊은 곳에서 어떻게 작동하고 있는지를! 거기서 우리는 슬픔과 기쁨 속에 내재한 욕망을 통해 삶의 진실과 비의를 만나게 될 테니, 때로는 절망이라는 강력한 중력에 의해 세상의 빛이 휘더라도 역시 놀라지는 말자. 드넓은 시의 우주에서 중력 왜곡 현상은 드문 일이 아닐 테니…. 그의 시는 하나의 물리적 현상이다.

2. 사건의 지평선 너머

김병호의 시에는 거시 세계와 미시 세계가 동시에 존재한다. 양자는 일상에서 하나로 만나는데, 거대한 우주의 블랙홀이 마음속 블랙홀로 전이되는 것도 바로 이곳에서의 일이다. 말하자면, 일상은 새로운 우주가 탄생하고 소멸하는 공간이다. 그의 일상이 무거운 까닭이 여기에 있다. 이를 이해하기 위해서는 무엇보다도 먼저 그의 족적을 따라

발을 우주로 내딛어야 한다. 두려운 일이지만, 거대한 우주의 블랙홀이 마음속 블랙홀로 전이되는 광경의 장엄을 보기 위해서라면 못할 일도 아니다.

산책은 저기 언덕 너머에는 아무것도 없다는 믿음이다 보이지 않는 것은 없는 것이라고 믿기에 산책은 과거와 함께 맴도는 일이다

산책에서 돌아오는 어스름 길의 막바지에는 밤이 있었다 지워지지 않는 박하 향의 체취는 항상 나보다 먼저 다녀갔고 매일 밤 세상을 머금은 구름은 통째로 떨어졌다

보이지 않는 것들이 속삭이는 방법을 나는 알지 못했다 다가갈수록 왜 시간이 점점 느려지는지 몰랐다 내가 따라 걷던 낮은 담벼락이 지평선이었다는 사실도 들은 바 없었다

내 안에 있던 무게중심을 네 쪽으로 내어 주자 알 수 없던 네가 드러났다 보이지 않았으나 우리는 마주 보고 공전하고 있었다 키 작은 그늘을 가진 인삼 밭을 지나자 하늘도 땅도 갯벌이었다

블랙홀이 자신을 드러내는 방법은 자신 안으로 빨려 들어가는 것의 마지막 비명을 놓아주는 것이다 선을 넘는 이, 그를 이루는 모든 정보가 으깨지면서 토한 짧은 비명만이 사건의 지평선을 탈출해 우리 안에 블랙홀이라는 존재를 완성한다 타인의 비명으로 드러나는 존재는 그러나 그만은 아니었다

이제 내 산책은 사건의 지평선 주변을 떠도는 일이다 돈

을 꾸어 꿈을 꾸고 꿈을 빌려 현실을 만들고 돈을 빌려 환상
을 좇던 시절을 건너 점점 게을러지는 시간과 함께 걷고 갈
가리 찢긴 공간의 비명으로 호흡하면서 내 불안의 하부구조
를 더듬는다 그러나 그곳에서 전하는 소식은 사람은 그림자
의 되먹임일 뿐이라는 윤회의 끈이 풀리고 있다는 중얼거림
이었고 그래서 더 이상 나는 내가 아닌 무지의 바닥으로 가
라앉는 편안함이라 했다 물든 잿빛 바다에 엎힌 하늘이라
했다

— 「블랙홀을 맴도는 산책」 전문

"산책"이 "과거와 함께 맴도는 일"이 되는 때는 언제인
가? 산책자의 증언에 따르면, 그건 "보이지 않는 것은 없는
것"이라는 믿음이 지속할 때이다. 이는 역으로 "보이지 않
는 것"의 존재를 인정할 때에야 비로소 "과거"로부터 벗어
날 수 있음을 암시한다. 잘못된 믿음에 갇힌 산책자는 가시
적 세계의 "지평선"에서 벗어나 "보이지 않는 것"의 세계로
다가가기를 열망하고 있다는 말이다. 따라서 온몸으로 귀
기울여야 할 것은 "보이지 않는 것은 없는 것"이라는 믿음
이 아니라 "보이지 않는 것들이 속삭이는 방법"이다. 어떻
게? 비가시적 세계의 '너'에게 자신의 존재, 곧 자기의 "무
게중심"을 양도함으로써. 관계의 층위에서 보자면, 이러한
양도는 '나'를 중심으로 하는 가시적 관계에서 '우리'를 중심
으로 하는 비가시적 관계로의 전이를 함축한다. 즉, '너'와
'나'의 보이지 않는 "공전"의 인간학.

흥미로운 것은 이러한 공존의 관계론이 재빠르게 천체물리학적 사실과 중첩된다는 사실이다. 그것도 블랙홀이라는 가장 기이한 우주적 현상으로부터 말이다. 다 알다시피 블랙홀은 강력한 중력으로 인해 빛마저도 빠져나갈 수 없는, 따라서 우리의 눈으로는 볼 수 없는 우주의 특정 영역을 일컫는 말이다. 난데없이 시에 틈입하는 블랙홀이 당혹스러울 수도 있겠지만, 이런 중첩에 김병호 시가 지닌 독특한 매력이 있다는 것을 놓쳐서는 안 된다. 요지는 분명하다. '너'는 "블랙홀"이다. '너'에게 "다가갈수록 왜 시간이 점점 느려지는지" 몰랐던 이유가 여기에 있다. 그렇다면 우리가 이런 비가시적 실체가 존재한다는 것을 알 수 있는 방법은 무엇인가? 시에 따르면 "블랙홀"이 자기의 실체를 드러내는 순간이 있다. 그건 "자신 안으로 빨려 들어가는 것의 마지막 비명을 놓아주는" 때이다. 우주적으로 경이로운 것은 "짧은 비명"이 "사건의 지평선"을 빠져나온다는 사실이겠지만, 인간적으로 애절한 것은 단말마적 "타인의 비명"이 "우리 안에 블랙홀이라는 존재를 완성한다"는 사실이겠다. 이것이야말로 우리 인간이 "타인의 비명으로 드러나는 존재"임을 보여 주기 때문이다.

블랙홀의 특이점으로 사라지는 존재와 그 존재의 잔여가 마음속에 남기는 또 다른 블랙홀의 대위법. 이러한 자각으로부터 시적 주체의 "산책"이 "사건의 지평선 주변을 떠도는 일"임이 확증된다. 또한 "점점 게을러지는 시간"의 동반과 "갈가리 찢긴 공간의 비명"의 호흡이 만들어 내는 "불안의 하부구조"를 톺아보는 일이 개시된다. 시적 주체에게 "불안이 삶의 양식(糧食)이고 실존의 양식(樣式)이라는 사실"(「불안과의 불화」)을 잊어서는 안 된다. 같은 시에서 그는 스스로를 "불안의 자식"으로 규정한 바 있다. 이때 주목할 것은 내부의 블랙홀의 관측으로부터 "그곳에서 전하는 소식"이라는 맥동전파(脈動電波)가 분출된다는 사실이다. 마치 130억 광년이나 떨어진 우주의 끝에서 초기 은하로 추정되는 퀘이사(quasar)가 강력한 빛과 제트(Jets)를 방출하는 것처럼. 퀘이사의 신비 앞에서, 인간이 퀘이사를 별과 같은 항성체로 오해한 것도 이해 못할 일은 아니다. 요컨대, "사람은 그림자의 되먹임일 뿐이라는 윤회의 끈이 풀리고 있다는 중얼거림"은 어둠의 범벅인 블랙홀이 방출하는 맥동전파의 제트이다. 그렇다면 주기적으로 발신되는 전자기파가 의미하는 바는 무엇인가? 이 신호가 최종적으로 전달하는 것은 "사람은 그림자의 되먹임일 뿐"이라는 정보인가, 아니면 그러한 "윤회의 끈이 풀리고 있다"는 소리인가? 이것이 김병호의 우주적 시에서 우리가 살펴야 할 핵심이다. 그것이 "블랙홀을 맴도는 산책"의 등대가 될지, 아니면 "갈가리 찢긴 공간의 비명"의 확성기가 될지는 아직 미지이다. 위험한 일이 되겠지만, "사건의 지평선" 쪽으로 한 발 더 다가가지 않을 수 없다.

허나 일에는 순서가 있다. 급한 볼일이 있다면 화장실부터 들렀다 와야 한다는 뜻이다. 동서고금을 막론하고, 큰일에 앞서 작은 볼일부터 해결하는 것은 항상 옳은 일이다.

우리가 들어가야 할 곳이 블랙홀의 안쪽에 있는 '우주의 화장실'이라면 더욱 그렇다.

지퍼를 내리는 순간 육중한 뭔가가 덮치는 곳은 화장실이다. 똥 누는 이가 만드는 핵폭탄급 냄새에 자연스레 숨을 내뱉고 들이마시지 않는다. 참았던 오줌은 하염없다. 온전히 느껴지는 심장박동은 점점 빨라지고 검붉게 타들어 가는 얼굴은 폭발 직전이다(소변기 위에 거울은 왜 달아 놓았을까).

몇 발짝 안 되는 화장실 입구까지의 거리가 점점 멀어진다. 공간이 무한으로 팽창하기 시작한다. 이론적으로 경험적으로 우주의 크기는 무한하다. 아무리 가도 끝에 달할 수 없는 것은 무한이다.

시급한 양만 처리하고 다이빙하듯 화장실에서의 탈출을 시도한다. 무한의 끝에 닿으려는 시도는 무모하지만 이 우주에 가득 찬 향기는 무모함에 충분한 동기를 부여한다. 한순간, 아니 하나의 영원 동안 나는 기억을 잃는다.

나는 한 우주의 밖에 서 있다. 아니 화장실에서 탈출을 꿈꾸던 주체와 전혀 다른 존재일 수 있다. 어떤 선택은 평행한 다른 우주를 만들고 그곳에 서 있는 같은 기억을 가진 다른 나.

거칠게 들이마신 이 우주의 첫 숨에는 똥의 잔향이 진하다. 복도에서 토하는 한 번의 헛구역질 이후 지퍼는 올라가지 않는다. 뭔가 끼었다. 이물질을 찾으며 온 힘으로 지퍼를 올린다. 손가락이 낀다. 아픈 우주다.

작은 비명이 흐르는 공간에 인기척이 함께한다. 고개를
들고 다시 살펴도 화장실이 가진 공간의 크기는 변하지 않
았다. 안에서 볼 때 무한한 우주가 밖에서 보니 유한한 크기
를 가지고 있다.

낯익은 여자 사서의 놀란 눈이 저기 있다. 아직 올라가지
않은 지퍼와 밖으로 나와 당당한 속옷은 여기 있다. 순간 시
간은 팽창해 무한으로 모습을 바꾼다. 올라가지 않는 지퍼
와 여자의 시선 하나로 우주 바깥의 시간이 무한이라는 사
실은 뼈저리다. 현대 우주론이 내민 답은 명쾌하다. '외부
관측자에게 무한히 긴 시간은 내부 관측자에게 매순간 무한
히 넓은 공간으로 인식된다.'

당분간 집에 있을 계획이다.

—「화장실 우주론」 전문

"화장실"은 익살스런 곤혹의 장소이다. 두 가지 경험 때
문에 그렇다. 먼저, "화장실" 내부를 가득 채우고 있는 것
이 "핵폭탄급 냄새"일 때, 급한 볼일을 처리하는 물리학자
가 경험하는 세계는 공간의 무한 팽창이다. "화장실"이라는
"공간이 무한으로 팽창하기 시작한다"는 것은 물리학적이
라기보다는 심리학적 사실에 가깝겠지만, "무한의 끝에 닿
으려는 시도"의 절박함에 충실하다면 이는 그리 얼토당토
한 일만은 아닐 것이다. 왜냐하면 그러한 절박함에 의한 어

떤 "선택"이 또 다른 우주를 만들기 때문이다.("어떤 선택은 평행한 다른 우주를 만들고 그곳에 서 있는 같은 기억을 가진 다른 나.") 여기에는 '평행 우주'와 같은 현대적 우주론의 사유가 내재해 있다. 양자역학의 발전에 의해 뒷받침되는 '평행 우주론'에 따르면, 우리가 살고 있는 우주는 "선택"의 결과이고, 우리의 "선택"이 달라진다면 또 다른 우주가 탄생한다. 이것이 사실이라면, "그곳에 서 있는 같은 기억을 가진 다른 나"가 살고 있는 또 다른 우주가 공존하지 않으리라는 법은 없다.

다른 하나는 "올라가지 않은 지퍼"를 누군가에게 들켰을 때의 당혹과 관련된 경험이다. 여기에도 우주적 원리가 내재해 있다. 첫 번째의 경험이 "냄새"에 의한 '공간의 무한한 확장' 체험과 관련된다면, 두 번째의 경험은 "시선"에 의한 '시간의 무한한 연장' 경험과 관련된다. 물리학자는 이러한 경험을 두 개의 물리학적 법칙, 곧 "안에서 볼 때 무한한 우주가 밖에서 보니 유한한 크기를 가지고 있다"는 정식과 "외부 관측자에게 무한히 긴 시간은 내부 관측자에게 매순간 무한히 넓은 공간으로 인식된다"는 정식으로 표명하고 있다. 이 중 후자는 "관측"에 의한 시간의 연장과 공간의 팽창을 동시에 표명하고 있다는 점에서 주목을 요한다. 왜냐하면 현대물리학에서 "관측"은 단순히 존재를 기술하는 수단이 아니라, 존재를 확정 짓는 역할을 수행하기 때문이다. 범박하게 말하자면, 화장실 안에서의 곤혹스런 경험은 화장실 밖의 '나'의 "관측"에 의해서, 화장실 밖에서의 곤혹스런 경험은 "낯익은 여자 사서의 놀란 눈"에 의해서 확정되는 사건인 것이다.

그러므로 "화장실 우주론"이 "당분간 집에 있을 계획"으로 마무리되는 것은 어쩔 수 없는 일이다. 이는 외부의 시선에 의해 "관측"된 시적 주체의 곤혹스런 경험들이 무마될 시간이 필요하다는 의미에서가 아니라, "사건의 지평선"을 통과한 자가 새롭게 탄생할 자신을 "관측"할 필요가 있다는 의미에서 그렇다. 분명 '나'는 "집"에서 할 일이 있는 게다. 예측컨대, 그곳은 화장실 "변기" 위일 확률이 높다. 우리의 경험이 입증하는 바에 따르면, "통상 그 위에는 맨살로 앉아야 깊은 생각이 찾아들"('똥과 시의 관계에 관한 비시적 고찰」)기 때문이다. 공간과 시간의 미분이 필요한 순간이다.

3. 춤추는 세계의 미분

미시 세계의 일이라면 「춤추는 세계」 연작을 참조하지 않을 수 없다. 그중 두 번째 세계는 공간의 미분, 곧 '나'를 분할하면 그 극한에서 우리가 만나는 세계가 무엇인지를 예시한다.

하루에 절반씩 **나**를 덜어 내며 평생을 작아진들 내가 이를 수 없는 **작음**이 있다.

하루에 절반씩 **나**를 덜어 내며 평생을 작아져 이룬 **작음**은 바로 주변과 나눈 상호작용의 크기와 같다. 그것은 **존재**의 크기이기도 하다.

하루에 절반씩 **나**를 덜어 내며 평생을 작아져도 이를 수 없는 **작음**이 있다는 사실은 상호작용의 크기가 작아질지언정 사라지지 않는다는, 그렇게 작은 것은 무한히 **존재**한다는 믿음이고 따라서 끝없는 **절망**의 회로가 삶을 지배한다는 암시이다.

하루에 절반씩 **나**를 덜어 내며 다다를 수 있는 마지막 **작음**을 넘어서려는 시도를 인생이라고 부른다. 작음이라는 말 자체가 비교를 전제하고 있기에 끝없이 더 작은 가상의 **존재**를 만들 수밖에 없고 그래서 삶은 **절망**의 사기극으로 둔갑한다. 실제 우리의 노력은 극한의 작음을 만났으며 그것은 물리적 **세계**의 바닥에서 만난 비물질적 원천이다. 바로 정보의 양자(量子)인 비트이다.

하루에 절반씩 **나**를 덜어 내도 내가 작아지지 않는 건 **작음**이라는 말이 가진 비교의 속성을 거부했기 때문이다. 비교가 없어지자 **존재**의 경계가 사라졌으며 **절망**도 자신이 뭘 해야 할지 몰랐다. **세계**의 바닥은 여전히 비트였지만 이들의 조합이 상징하는 **의미**는 태어나지 못했다.

—「춤추는 세계 2」 전문

"하루에 절반씩 **나**를 덜어 내며 평생을 작아진들 내가 이를 수 없는 **작음**이 있다"는 생각에는 물리학과 철학적 사유의 핵심이 내장되어 있다. 물질을 계속 나눈다면 더 이상 나눌 수 없는 가장 작은 입자에 도달할 것이라는 생각을 한 건 그리스의 자연철학자 데모크리토스였다. 그는 원자(Atom, 原子)라는 더 이상 나눌 수 없는 물질의 존재를 가정했다. 이는 방향은 다르지만, 세계의 제1원인 혹은 궁극의 원인에 대한 가정과도 다르지 않다. 문제는 과학적 도구와 인식의 한계가 이러한 곤궁을 처리하는 방식이다. 만약 도구의 발달과 인간 계산 능력이 진보한다면, 원자로 가정되었던 최소 물질을 더 나눌 수도 있지 않겠는가? 실제로 원자가 가장 작은 입자가 아니라는 사실, 곧 원자가 핵과 전자(電子)로 이루어져 있다는 것을 발견한 것은 영국의 물리학자 조셉 존 톰슨에 의해서였다. 그 후 양자역학의 발전은 실로 놀랄 만한 성과를 이루었다. 핵이 중성자(neutron)와 양성자(proton)로 이루어져 있다는 사실, 소립자들을 구성하는 것이 쿼크(quark)라는 것, 그리고 쿼크가 지니는 여섯 가지 성질(up, down, charge, strange, top, bottom)이 규명되었음을 생각할 때, 쿼크를 구성하는 더 작은 물질을 가정하지 않을 이유가 없어 보인다. 유럽 입자 물리 연구소(CERN)가 향후 무엇을 발견할지 우리는 알지 못한다. 따라서 "내가 이를 수 없는 **작음**이 있다"는 단언은 보이지 않는 미시적 세계의 **"작음"**에 대한 타당한 판단이라고 할 수 있다.

흥미로운 것은 이러한 판단이 "상호작용의 크기가 작아질지언정 사라지지 않는다"는 추론으로 이어진다는 사실이다. "크기"와 무관하게 '나'와 "주변"의 상호작용이 사라지지 않는다는 것은, 외적으로는 '나'가 세계로부터 끊임없이 영향을 받는 존재라는 것과, 내적으로는 '나'의 존재의 밑바닥을 구성하는 것이 "불안의 하부구조"라는 것을 의미한다. 그리고 이는 궁극적으로 거시 세계와 마찬가지로 미시 세계의 극한에서도 "끝없는 **절망**의 회로가 삶을 지배한다"는 것을 뜻한다. 바로 이것이 "물리적 **세계**의 바닥에서 만난 비물질적 원천"이 되는 것이다. 문제는 이것이 우리의 생에서 도달할 수 없는 극한에 끊임없이 다다르고자 하는 자의 비애를 구성할 때이다. 공간의 미분을 통해 도달한 최소 물질이 다름 아니라 "**절망**의 회로"이자 "**절망**의 사기극"일 뿐이라면, 이는 "**의미**가 무의미로 알몸을 드러내고 **삶**이 DNA로 코딩된 **농담**임을 확인하는 순간"(『춤추는 세계 3』)에 다름 아닐 것이다.

이로써 우리는 우주의 블랙홀에서도, '나'의 밑바닥에서도 "**절망**"과 만난다. 그렇다면 우리가 "마지막 **작음**을 넘어서려는 시도"를 멈추지 않는 까닭은 무엇인가? 이것은 "삶은 **절망**의 사기극"임에도 불구하고, 우리가 왜 그것을 멈추지 않는지를 해명하는 것과 동궤를 이룬다. 다시 묻자면, 우리의 "비물질적 원천"을 구성하는 "정보의 양자(量子)인 비트"의 "**의미**"는 어디에 있는가? 엄밀히 말해 여기서 말하는 "비트"는 양자 비트인 '큐비트(qubit)'이다. 양자 정보 이론에 따르면, 미시 세계의 양자가 갖는 특이한 성격은 양자 암호화, 양자 통신, 양자 컴퓨터 등의 분야에서 다양하게 응용될 수 있다. 그것은 '큐비트'가 양자의 '중첩(superposition)'과 '얽힘(entanglement)' 때문에 기존의 0과 1 사이의 임의의 지점에서 정보를 표현할 수 있기 때문이다. 여기가 불확정적인 **"의미"**의 세계로 진입하는 입구이다. 그러니까 우리는 **"비트"**의 조합이 산출하는 **"의미"**가 무엇인지 알지 못하는 것이다(_{"이들의 조합이 상징하는 의미는 태어나지 못했다"}). 왜 그런가? 단순하게 말한다면, 그 이유는 **"작음**이라는 말이 가진 비교의 속성을 거부했기 때문"이다. 미시 세계에서는 "상호작용"을 한다는 것은 중첩된 상태에서의 양자의 '결맞음 현상(coherent)'이 깨어진다는 것을 의미한다. 요컨대, 양자의 세계에서는 관찰자의 관측이 물질의 상태를 변화시킨다. '이중 슬릿 현상'이나 '슈뢰딩거의 고양이 실험'을 참조하라. 잘 알려진 하이젠베르크의 '불확정성의 원리'가 함축하는 것도 바로 이것이다. 즉 물질의 상태가 관측자에 의해 달라진다는 것. 당혹스럽겠지만, 코펜하겐 회의는 이를 확정했다.

따라서 "비교"가 사라졌다는 것은 영원한 가능성의 세계의 지속을 의미한다. 그러니 **"존재**의 경계가 사라졌으며 **절망**도 자신이 뭘 해야 할지" 알지 못하고, 최종적으로 "조합이 상징하는 **의미**" 역시 태어나지 않는다. **"의미"**가 탄생하려면 대칭적으로 얽힌 **"비트"**가 필요하기 때문이다. 그렇다면 이제 물어야 할 것은 **"의미"**를 어떻게 태동시킬 것인가에 있다. 지금까지 살핀 미시 세계의 원리에 따르면, 이는 **"의미"**의 있음과 없음, 그리고 '중첩'을 우리가 어떻게 관측할 것이냐의 문제로 환치될 수 있다. 만약 이를 시간의 층

위에서 사고한다면 어떻게 될까?

"비트"의 세계에서 시간은 순차적이거나 선형적이지 않다. 이것은 미시 세계에서 시간이 상대적으로 흐른다는 것을 의미할 뿐 아니라, 특정 시간과 특정 시간이 서로 공존하고 있음을 암시한다. 공간의 미분과 마찬가지로, 시간의 미분은 과거와 현재와 미래 사이에 일종의 "끈"이 있음을 보여 준다. 「끈의 노래」는 이를 노래한다.

약도 개똥도 아니지만 찾지 못한 그것, 속에서 뭔가 자꾸 치밀어 오른다 축축한 뒷자리가 내가 질질 흘리고 다닌 시간 때문이었다고 꿈이 지껄인 고자질 때문에 또 울컥하는 가슴으로 뒤돌아보자 진창에는 촉수가 자라고 있었다 슬픔 아닌 고통에만 반응하는 촉수, 그걸 한번 건드리고 나면 실보다 가는 하얀 끈이 둘 사이를 이었다 늘어나되 끊어지지 않았다 늘어지되 땅에 닿지 않았다 나부끼되 거미줄처럼 흘러가지 않았다 지난여름이었다 시간이 물 빠지자 그것은 개펄처럼 드러났다

계절이 바뀌자 존재들은 점멸하기 시작했다 선명했던 것들에 허공의 얼룩이 번지다가 너는 아주 꺼져 버렸다 끈은 나를, 없어진 너를 붙잡았다 끈이 너울거리자 세상이 어깨를 들먹였다 겨울이 오자 얼어붙은 모든 것이 끈이었다

한파의 응달에 쭈그린 채 땅바닥을 긁고 있는 아이의 흐

린 눈으로 내 어느 헛디딤이 원인이었는지 찾을 수 없었지
만 점점 힘 빠져 가던 엄마의 호흡은 어떤 끈의 진동인지 얼
추 짐작이 갔다 늘어나되 끊어지지 않았다 죽음의 땅까지
늘어지되 돌아오지 않았다 나부끼되 바람 때문이 아니었다
약이 되는 순간을 위해 버티던 개똥이 모두 가루로 흩어지
고 남은 것은 울림뿐이었다 모든 것은 흔들렸고 흔들리는
것은 그림자를 만들지 않았지만 끈이 가진 먼 그림자는 남
아 세상을 만들었다 이유 없이 촉수는 흔들리고 폭우의 밤
일지언정 고이는 것은 없었다 울림만 떠돌았다

—「끈의 노래」 전문

이 시에서 "끈"은 비유이거나 비유가 아니다. 이런 이상
한 말이 가능한 것은 "끈"은 비유와 실제가 '중첩'되어 있기
때문이다. 마치 상자 속의 '슈뢰딩거의 고양이'가 죽어 있거
나 살아 있는 것처럼. 이는 관측이 "끈"의 비유와 실제를 결
정한다는 것을 의미한다. 위의 시는 크게 세 가지의 시간에
서 "끈"을 관측하고 있다. 첫째, "지난여름"의 "실보다 가는
하얀 끈". 둘째, 가을로 추정되는 다른 계절의 "없어진 너를
붙잡"는 "끈". 그리고 마지막으로 "겨울"의 "얼어붙은 모든
것"으로서의 "끈". 계절의 차이에도 불구하고, 각각의 "끈"
은 "내가 질질 흘리고 다닌 시간"이란 유사성을 지니고 있
다. 이것은 과거를 연결하는 "끈"이 정지한 상태로 있는 것
이 아니라 끊임없이 진동하고 있다는 것을 보여 준다. 문제
는 이러한 "끈"의 파동이 시적 주체가 처한 현재의 세계를

만들었다는 데에 있다. 즉 "끈이 너울거리자 세상이 어깨를 들먹였다"가 보여 주듯, "끈"은 과거와 현재의 '얽힘' 현상을 설명한다.

여기서 결정적인 것은 "점점 힘 빠져 가던 엄마의 호흡"과 연동되어 있는 "끈"으로 볼 수 있다. 공존의 인간학의 층위에서 본다면, "음식을 끊고 숨이 새는 엄마를 보는 일"(「불안과의 불화」)은 **"절망의 회로"**를 완성하는 것처럼 보이기 때문이다. "끈이 가진 먼 그림자는 남아 세상을 만들었다"는 말이나, 세상에는 결국 "울림만 떠돌았다"는 말은 삶을 죽음으로 납땜할 수밖에 없는 **"절망의 회로"**의 비애를 암시한다. 그것은 "생명을 연결하는 모든 끈들"(「거울이 뒤집는 것」)이 결국 "죽음의 땅"과 연결된 "끈"임을 암시한다. 우리는 "끈"의 파동이 왜 이러한 방식으로 진동하는 세상을 만들었는지 이유를 알지 못한다. 거시 세계와 미시 세계를 통합하는 법칙이 아직 발견되지 않았으므로….

4. 욕망의 라그랑지안

거시 세계와 미시 세계는 어디에서 만나는가? 블랙홀은 양자의 접점이다. 우주의 네 가지 힘(중력, 강력, 약력, 전자기력)은 블랙홀에서 하나가 된다. 양자역학과 중력이론은 블랙홀에서 서로 만난다고 해도 무방하다. 공간과 시간의 미분이 우리의 내부에서 **"절망의 회로"**를 관측했을 때, 그건 블랙홀이야말로 우리의 존재의 양식과 일치한다는 사실의 증명이기도 하다. 물리학자의 "산책"에서 "사건의 지평선"

을 만났을 때처럼 "그믐의 골목"에서 '또 다른 나'를 만나게
될 때, 우리가 다시 한 번 마주하게 되는 것은 마음속 블랙
홀이다.

자신을 보고 싶을 때 거울이 아닌 주위를 두리번거려야
한다고 속삭인 건 그믐의 골목이었다 맥주병이 그렇듯 우리
는 스스로의 굴곡으로 주변을 반영하는 것, 그 안에 고인 누
런 액체에 매인 영혼은 하늘의 밑바닥에 반사된 붉은색의
굴곡을 보고 저 먼 곳이 사막이라는 사실을 눈치 채지 못할
터, 그렇게 자기 밖으로 어른거리는 불모를 감추지 못할 터,
물기 없는 눈동자는 사랑이라는 명목으로 모든 것을 빼앗긴
자의 흉터임을 몰랐을 터
그리하여 나는 남과 다른 굴곡으로 주변을 반사할 뿐, 그
리하여 눈 감고 만지는 일은 미지근한 체온과 소름 돋은 오
한과 시리게 전달되는 떨림을 뒤섞어 만든 반죽으로 내 곡률
을 수정하는 회한, 나를 이룬 주변이 돌아눕는 일, 그리하여
모두는 투명한 듯 흔들리는 곡면이라는 사실을 깨닫는 일

흑체(黑體)를 만난 곳은 어둠의 한가운데였다 아무도 바
라보지 않는 골목의 끝이었다 받아들일지언정 내보내지 않
는, 무엇도 반사하지 않는, 그래서 검을 뿐인 그와 마주쳤지
만 알아보지 못했다 그는 내 위에 아무것도 그리지 않았기
에 나도 없었다
보이는 모든 것을 외면하는 그였지만 어쩔 수 없이 깊은

바닥에 뭔가를 흘리기에 알아챌 수 있었다 바닥을 타고 흐
르는 검은 울음이 내 굴곡대로 반사되기 시작하자 그는 그
다지 검지 않았고 나는 조금씩 존재하기 시작했다 만질 수
없더라도 흐르는 것이 있음으로, 굴곡을 어루만지며 잘게
떨리는 어깨가 있음으로

—「존재의 양식」 전문

"그믐의 골목"에서 발견할 수 있는 건 "어둠"만이 아니
다. 놀랍게도 여기에서 우리는 '공존'의 인간론의 중심부와
대면하게 되는데, 물리학자의 "산책"이 입증한 바대로 "우
리는 스스로의 굴곡으로 주변을 반영하는" 존재, 곧 주위
세계와의 상호작용의 결과물이기 때문이다. "나는 남과 다
른 굴곡으로 주변을 반사할 뿐"이라는 구절이 보여 주는 것
은 인간의 차이가 "굴곡"의 차이에 다름 아니라는 사실이
다. 요컨대, 인간은 "투명한 듯 흔들리는 곡면"이다. 이러한
사실로부터 "어둠"이 그저 '빛의 부재'만이 아니라는 사실
이 도출된다. 이는 "어둠" 속의 "흑체(黑體)"가 입증하는 바
다. "흑체"가 "받아들일지언정 내보내지 않는, 무엇도 반사
하지 않는, 그래서 검을 뿐인 그"라고 한다면, 이는 "그"가
블랙홀임을 뜻한다. 이때 '나'는 존재하지 않는데, '나'가 "투
명한 듯 흔들리는 곡면"이라면 "무엇도 반사하지 않는" 자
로부터는 아무것도 반영할 수 없기 때문이다. 즉 '나'는 0비
트이다.

그러나 「블랙홀을 맴도는 산책」을 잊지 않았다면, "사건

의 지평선"으로부터 무언가가 유출된다는 사실을 간과해서
는 안 된다. "검은 울음". "검은 울음"은 블랙홀의 "안으로
빨려 들어가는 것의 마지막 비명"이다. 따라서 "검은 울음"
은 블랙홀의 제트이다. 신비로운 것은 바로 이 순간에 비로
소 내가 "조금씩 존재하기 시작했다"는 점이다("내 굴곡대로
반사되기 시작하자"). 이것은 타인의 울음의 파동에 의해서만
존재할 수밖에 없는 자의 비애를 보여 준다. 그리고 여기가
김병호의 시가 "어둠" 속에서 블랙홀처럼 존재하는 방식이
다. 역설적이지만 "굴곡을 어루만지며 잘게 떨리는 어깨"의
존재야말로 블랙홀이 김병호의 공존의 인간론의 중심 지점
임을 예증하고 있다. 마치 달과 지구의 공전처럼. "굴곡을
어루만지며 잘게 떨리는 어깨"는 "아물어야 하되 잊지는 말
아야 할 것"(「공전의 이유」)이 무엇인지를 아프게 보여 준다.
　이제 우리는 우리의 존재의 양식을 물리학적 법칙으로
정식화할 때에 이르렀는가? 이상하게 들리겠지만, 케플러
의 행성 운행 제1법칙은 우리의 존재의 양식을 설명하는
것처럼 보인다.

　원이 한 점의 발현인 것처럼 세상은 '하고 싶다'와 '죽고
싶다'라는 두 점의 발현이다 모든 천체가 타원궤도를 따르
는 일도 이 두 긴장 관계만으로 세상이 움직인다는 단순한
원칙의 한 예이다 바이러스에게는 죽음 없는 생식만이 있고
오직 죽음만으로 존재를 완성하는 것은 온전한 죽음 스스로
뿐이다

욕망에서 허망을 빼면 육욕이다 환상에서 꿈을 빼면 잿빛 아침이다 바닥이다 밤에서 뜨거운 입김을 빼면 순백의 추상이다 꼼짝 않는 나비이다 관계에서 무한을 빼면 존재이다 한순간의 발화이자 우리가 사랑이라고 믿는 은유이다

안에 있는 애인은 살짝 소름 돋은 맨살의 어깨와 휘도는 등허리, 실핏줄 내비치는 발목의 냄새가 모두 다르다 속옷은 뱀딸기의 향을 품고 있으며 주름진 긴 치마에서는 바람을 쥐고 흔드는 댓잎의 냄새가 났다 창을 타고 넘는 냄새만으로 애인이 얼마나 벗었는지를 눈치 챌 수 있었다 그리고 여기에 심박수에 따라 상승하는 내 체온의 변화량을 곱해 우리의 작용은 완성된다

애인이 밖에 있다 두 개의 밤을 지나 춘분점을 향해 걷고 있다 했다 이렇게 흐르기 시작한 애인은 손가락 사이를 빠져나갔지만 문틈에 끼어 떠나지 못하는 그림자를 부여잡고 나는 그 길어지는 암흑에 한 땀 한 땀 눈금을 새겼다 이것이 우리의 작용에 대한 새로운 해석이자 같은 뿌리에 이르는 반복이었다

애인의 굴곡이 가리키는 것, 들끓는 두 개의 점이었다는 갑작스러운 정의(定義)와 맞닥뜨리자 돌아볼 일 없이 욕망은 은유이고 존재는 바닥이 꾸는 꿈이었다

—「라그랑지안」 전문

세계가 "원"이 아니라 "타원"이라는 사실. 세계는 "생식"이라는 하나의 고정점으로부터의 등거리의 집합이 아니라, "'하고 싶다'와 '죽고 싶다'"라는 두 개의 고정점으로부터의 거리의 합이 등거리인 집합인 것이다. 여기서 두 개의 '-고 싶다'가 있다는 것에 유의하라. 이것은 "욕망"의 두 차원, 곧 "생식"과 "죽음"에의 "욕망"이 세상의 기본 법칙임을 예시한다. 보다 주목해야 할 것은 후자이다. 우리가 "죽음 없는 생식"만을 무한히 지속하는 "바이러스"가 아니라면 말이다.

"죽음"에의 "욕망"이란 무엇인가? "욕망에서 허망을 빼면 육욕"이라는 방정식을 변형하면, "욕망"은 "허망"과 "육욕"의 합이 된다. 문제는 "허망"으로 경사되는 "욕망"에 대한 비극적 사유가 개인의 사념이 아니라 세계의 물리적 법칙으로 인식되고 있다는 점이다. 떨어지는 사과에서 만유인력의 법칙을 발견한 뉴턴처럼, 김병호는 "애인"과의 관계의 파열에서 끊임없이 "죽음"의 에너지 법칙을 깨닫고 있는 것이다. "들끓는 두 개의 점이었다는 갑작스러운 정의(定義)"는 그가 발견한 사랑의 존재론의 핵심 정식이다. 이를 풀어쓰면, "애인"이라는 존재도 "생식"과 "죽음"이라는 두 개의 "욕망"의 담지체였다는 사실이다. 이는 "애인"과 '나'의 "욕망"이 근본적으로 서로 다르지 않다는 사실에 대한 자각이다. 이를 좀 더 물리학적으로 표현하면, "**욕망**, 슬픔, 좌절과 같이 생을 이루는 많은 요소들은 각각 다른 원소들로 이루어진 것이 아니라 하나의 원소가 다른 패턴으로 쌓여 만든 것"(『춤추는 세계 1』)으로 고쳐 쓸 수도 있겠다.

그러므로 "'하고 싶다'와 '죽고 싶다'"는 "욕망"의 두 층위는 "같은 뿌리에 이르는 반복"의 "은유"이다. "애인"이든 '나'이든, 우리의 존재는 "바닥이 꾸는 꿈"에 지나지 않는다는 것을 함축하는 것처럼 보인다. "라그랑지안", 곧 에너지와 시간의 곱으로 추산한 우리의 존재의 양식이 여기서 멀지 않다. "생식"이든 "죽음"이든 "욕망"의 운동 에너지는 존재의 위치 에너지가 "시간"에 의해 변화하는 벡터이다. 이건 우리의 생이, "**죽음**을 유혹이 아닌 **욕망**이라 수긍하는 일과 영원한 생으로 삶에 복수하는 길"(『춤추는 세계 3』)의 합이라는 사실을 암시한다. 그러니까 시간은 "온전히 하나 죽음을 완성하기 위해"(『밤을 등지고 왼쪽으로』) 존재한다. 이것이 "어둠 속에서 소름 돋은 여자의 살갗을 쓰다듬다 읽어 버린/불안의 굴곡에 망연했던 밤"(『미혹』)의 내용이다.

5. 끝의 관측

김병호의 시집이 묵직한 이유가 이와 같다. 일상의 중심부에 거대한 "흑체"를 지니고 있는 시가 어찌 가벼울 수 있겠는가? 그것도 하나가 아니라 둘을…. 하여 모든 것을 빨아들이는 마음속 블랙홀의 질량은 대체 얼마인가? 시에서 "사랑"의 빛이 강력한 중력에 의해 왜곡되며 명멸하는 현상이 발견되는 것도 여기에서 비롯한다. 이것은 김병호의 시에서 거시 세계와 미시 세계를 단일하게 통합하는 삶의 법칙이 아직 발화되지 않았음을 암시한다. 아인슈타인의 '통합이론'이 아직 도달하지 못한 꿈인 것처럼. 그럼, 이 순간 물리학자에게 필요한 것은 무엇인가? 하나의 아름다운 방정식! 세상의 모든 욕망의 힘들을 단일하게 설명하는 간단하고도 명료한 하나의 법칙. 그것은 공존의 인간론에서 우리의 "공전의 이유"를 설명하는 방정식일 것이다.

그렇다면 시인에게는 무엇이 필요한가? "흐르는 방법을 몰라 대책 없이 수평으로만 번지는 피"(「사랑가」)의 선명인가, 아니면 "한 사람의 몸 안에서 서로를 바라보았던 바람"(「내복풍의 꽃무늬 여인을 위한 세레나데」)의 기억인가? 여기서 시인이 "삶의 총론"을 쓰기 위해 "여인"과 "사랑"을 관측하는 것은 아닐 것이다. 그것의 결론이 "절망"과 "환멸"(「삶의 총론 1」)에 불과하다면, 시인의 관측은 대체 무슨 의미를 지니겠는가? 필요한 것은 물리학자가 관측한 세상을 다시 시인이 관측한 세상으로 전변시키는 것이 아니라, 물리학자의 관측 자체를 시인의 그것이 되게 하는 것이다. 그리고 마침내 우리는 시집의 끝에서 그러한 세계와 대면한다.

　　땅에 스몄던 그림자가 증발하다 맞닥뜨린 과포화의 경
　계, 거기서 꽃핀 먹장구름은
　　　절망의 살얼음을 딛고 선 떨리는 발끝이다
　　　지워지지 않는 그림자를 가진 뽕나무 지나자 시선마저
　증발하는 도로의 끝
　　　닿은 곳이 끝이라 믿고 쓰러진 시선의 무덤, 무 뽑은 자리
　　　허공의 젖무덤인 줄 알았던 꺼진 봉분은, 아니 땅의 자궁

이다 다시 꽃이다

    잠 속을 꽉 채운 안개에 휩쓸려

    그렇게 나 안개의 끝이 되어

    미친바람의 창끝 되어 소나기 사이를 휘젓던 아침

    손가락이 맺은 핏방울 하나

    겨울 하늘과 포개어 그물맥으로 먼 시간을 겨눈 마지막
이파리

    붉은 씨앗 맺힌 혀끝

    맨 끝은

    흔들리는 맨 끝은 모두

    꽃이다

                                        —「끝」 전문

말 그대로 "절망의 살얼음을 딛고 선 떨리는 발끝"으로
「끝」을 읽는다면, "흔들리는 맨 끝은 모두/꽃"이라는 시의
끝은 아직 끝이 아니다. 이것이 한 비평의 시선이 간신히
스스로를 건사하며 관측한 전부이다. 시는 "꽃"이다.